L'AFFAIRE DE L'AMULETTE MAUDITE

Direction de la publication : Carine Girac-Marinier
Édition : Antoine Caron
Direction artistique : Uli Meindl
Conception artistique : Sophie Rivoire
Mise en pages : Hélène Léonard
Fabrication : Marlène Delbeken

ISBN : 978-2-03-599742-5

Nicolas Trenti

À vous d'enquêter !

L'affaire de l'amulette maudite

LAROUSSE

TOP SECRET

PRINCIPE & RÈGLES DU JEU

À VOUS D'ENQUÊTER !

La collection **À vous d'enquêter** vous propose de vous glisser dans la peau d'un vrai détective.

À chaque livre correspond une nouvelle enquête : fouillez la scène de crime, interrogez les suspects, consultez les archives de la police et collectez les indices pour confondre le meurtrier.

Mais comme dans toute véritable affaire, le temps vous est compté : laissez-vous guider par votre instinct d'enquêteur pour suivre les bonnes pistes et élucider le crime avant que l'assassin ne vous file entre les doigts !

Le livre se décompose en plusieurs sections :

LA SCÈNE DE CRIME

Toute enquête commence par un exposé de l'affaire et la découverte de la scène de crime. Sur place, votre supérieur vous présente dans quelles circonstances le meurtre a été découvert, l'identité de la victime si elle est déjà connue, la déposition des premiers témoins éventuels...

Dès cet instant, n'hésitez pas à prendre des notes : de précieux indices peuvent déjà se cacher dans cette présentation.

À la fin de cette introduction, plusieurs pistes vous seront proposées. Dès lors, à vous de choisir quelle direction va suivre votre enquête !

LA FEUILLE DE ROUTE

La feuille de route est l'outil qui vous permettra de garder une trace de la progression de votre enquête.

Ainsi, si vous êtes amené à faire une pause au cours de vos investigations (tout bon détective peut aussi avoir droit à quelques moments de détente), vous pourrez facilement reprendre vos recherches là où vous les aviez laissées.

Sur votre feuille de route, dont un modèle vous est proposé pages 24 à 29, vous pourrez ainsi :

- Répertorier toutes les pistes identifiées au cours de votre enquête, et indiquer celles que vous avez choisi de suivre ;
- Noter les indices découverts ;
- Suivre le temps consommé pour explorer les pistes privilégiées : pour cela, vous pourrez par exemple utiliser un trombone comme marqueur et le faire glisser le long du bord des pages.

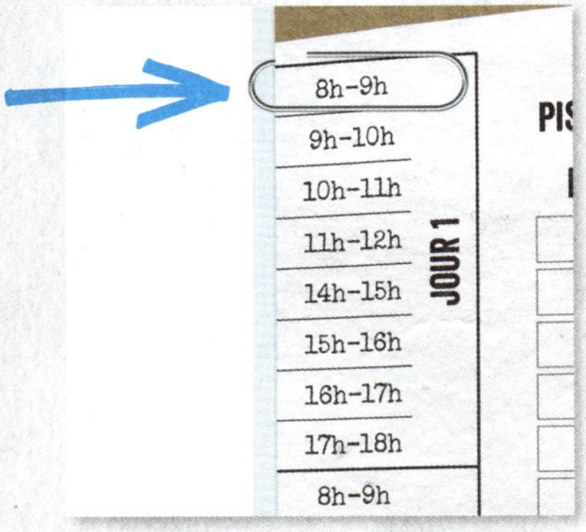

Une version numérique de la feuille de route vous est également proposée sous forme de site Web (voir ci-dessous, au paragraphe « Jouez aussi avec votre Smartphone »).

LES PISTES

Sur la scène de crime, puis tout au long de votre enquête, des pistes vous seront proposées.

Ces pistes peuvent être de 4 natures différentes :

- Les **LIEUX** : explorez le voisinage, fouillez le domicile d'un suspect, rendez-vous dans le bar où la victime a passé sa dernière soirée...
- Les **INTERROGATOIRES** : questionnez les proches de la personne disparue, cuisinez les suspects, sondez vos informateurs...
- Les **DOSSIERS** : plongez dans les archives de la police, retrouvez les fichiers relatifs à une ancienne enquête, consultez les dossiers personnels des protagonistes de l'affaire...
- Les **ANALYSES** du laboratoire : faites relever les empreintes, demandez une expertise ADN, feuilletez les rapports d'autopsie et les rapports balistiques...

Chaque piste, identifiée par une initiale correspondant à sa nature (**L**, **I**, **D** ou **A**) et un nombre à deux chiffres (par exemple : « **I12** »), peut être consultée par l'intermédiaire du paragraphe correspondant dans la section « Pistes » de ce livre.

Comme vous le constaterez rapidement, certaines pistes vont s'avérer indispensables au cours de votre enquête, alors que d'autres ne déboucheront que sur des impasses : à vous de prendre les bonnes décisions en suivant votre flair de détective pour ne pas vous laisser entraîner sur de fausses pistes.

D'autant plus que suivre des pistes s'avère vite chronophage : vous devrez à chaque fois imputer le temps passé par l'enquêteur que vous incarnez sur l'agenda de votre feuille de route. Vous allez devoir faire des choix... et les bons ! Vos supérieurs attendent en effet votre rapport dans un temps imparti, qui vous sera précisé sur la scène de crime. Si vous dépassez la limite de temps, libre à vous de poursuivre votre enquête, mais votre score d'enquêteur, calculé en fin de partie, risque d'en pâtir...

Après avoir choisi d'explorer une piste et avoir lu le paragraphe correspondant dans la section « Pistes », vous devrez :

- Indiquer la piste comme explorée dans votre feuille de route **en cochant la case « Vue ? »** correspondante (cela vous permettra de repérer, d'un seul coup d'œil, les pistes déjà suivies) ;
- Faire **avancer le curseur temps** d'autant de positions que le nombre d'heures consommé par la piste suivie ;

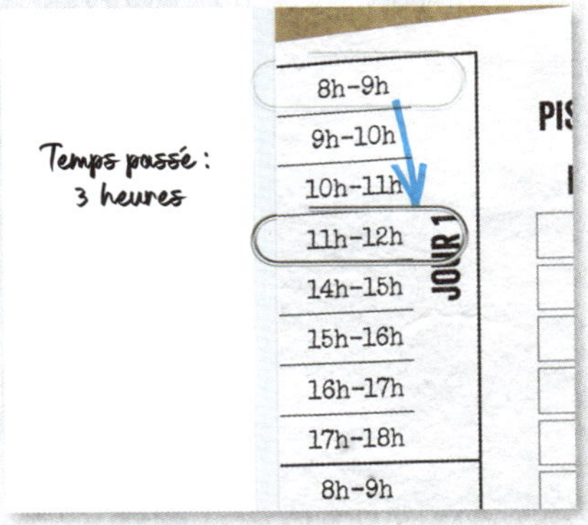

- Ajouter à votre feuille de route les **nouvelles pistes** éventuellement identifiées ;
- Répertorier le ou les **indices** potentiellement découverts : voir le paragraphe suivant.

LES INDICES

Au cours de votre enquête, en suivant certaines pistes, vous pourrez récolter des indices : empreintes digitales, prélèvements réalisés par le laboratoire, douilles de balles, échantillons d'ADN...

Ces indices sont référencés dans le texte au moyen d'un numéro sous la forme **#01**.

Lorsque vous posséderez plusieurs indices, vous pourrez les comparer entre eux de manière à établir une correspondance.

À titre d'exemple, vous souhaiterez peut-être comparer au cours de votre enquête des empreintes digitales découvertes sur la scène de crime avec celles figurant dans le dossier d'un truand notoire, un échantillon de terre prélevé sur un tapis avec des traces de glaise retrouvées sous la chaussure d'un suspect, un fragment de balle délogé d'un mur avec un pistolet abandonné dans des poubelles...

Pour cela, il vous suffira d'utiliser le **comparateur d'indices**, accessible page 109. À l'intersection de la ligne et de la colonne correspondant aux indices à comparer, vous obtiendrez l'un des symboles suivants :

✓ : correspondance confirmée

? : correspondance possible mais non confirmée (ce cas peut se produire si l'un des échantillons comparés n'est pas de qualité suffisante : empreinte digitale partielle, par exemple)

✗ : aucune correspondance

Exemple de comparaison pour les indices #02 et #06 : correspondance confirmée !

	#01	#02	#03	#04	#05	#06	#07	#08	#09	#10	#11	#12	#13
#01		×	✓	×	?	×	?	×	×	×	×	×	?
#02	×		×	×	×	✓	×	×	×	×	×	×	×
#03	✓	×		×	×	×	×	×	×	?	×	?	×

Chaque utilisation du comparateur vous coûtera **1 heure de temps** pendant votre enquête, mais les correspondances trouvées seront précieuses pour confirmer vos hypothèses et résoudre l'affaire.

LE COMPTE-RENDU D'ENQUÊTE

Lorsque vous penserez avoir saisi tous les tenants et aboutissants de l'enquête, vous pourrez rendre votre compte-rendu d'enquête, page 112.

Vous y découvrirez une **série de questions** destinées à vérifier votre bonne compréhension de l'affaire, jusque dans les moindres détails.

Si, à la lecture des questions, vous avez l'impression d'être passé à côté de certains aspects de l'intrigue, rien ne vous empêche alors de retourner explorer quelques pistes supplémentaires…

Les premières questions portent sur les points essentiels de l'enquête (identité de l'assassin, mobile, complicité éventuelle, arme du crime…), alors que les questions suivantes permettront de creuser les aspects secondaires de l'affaire.

Chacune de vos bonnes réponses vous fera gagner des points.

Vous pourrez également gagner des **points bonus** en fonction des preuves établies (correspondance d'empreintes pour incriminer un suspect, par exemple), mais vous recevrez des **points de pénalités** si vous avez mis trop de temps pour résoudre l'affaire.

Une fois le questionnaire terminé, vous pourrez consulter les solutions pour établir votre score.

LES SOLUTIONS

La première partie des solutions résume les bonnes réponses du questionnaire et vous invite à calculer votre score final. Vous découvrirez alors votre **grade d'enquêteur** !

La seconde partie présente quant à elle le cheminement idéal à suivre pour résoudre l'affaire, piste après piste, avec les déductions associées.

JOUEZ AUSSI AVEC VOTRE SMARTPHONE !

Pour vous aider à tenir à jour votre feuille de route, vous pouvez également utiliser votre Smartphone. Après avoir découvert la scène de crime, rendez-vous à l'adresse suivante :

https://escape-game.larousse.fr/enquete/amulette.html

Vous pouvez aussi scanner le Flashcode ci-dessous :

Par l'intermédiaire de cette page, vous pourrez sélectionner les pistes que vous souhaitez suivre.

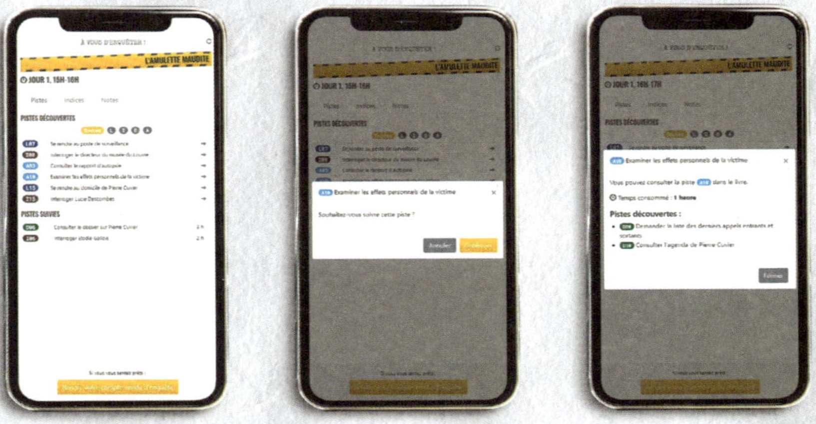

Tout au long de votre enquête, vous aurez alors automatiquement accès à :

- l'intégralité des pistes découvertes ;
- la liste des pistes déjà suivies ;
- la liste des indices identifiés.

En fonction des pistes suivies, votre marqueur temps sera automatiquement tenu à jour. Vous aurez également la possibilité de comparer des indices identifiés pour obtenir directement leur degré de correspondance.

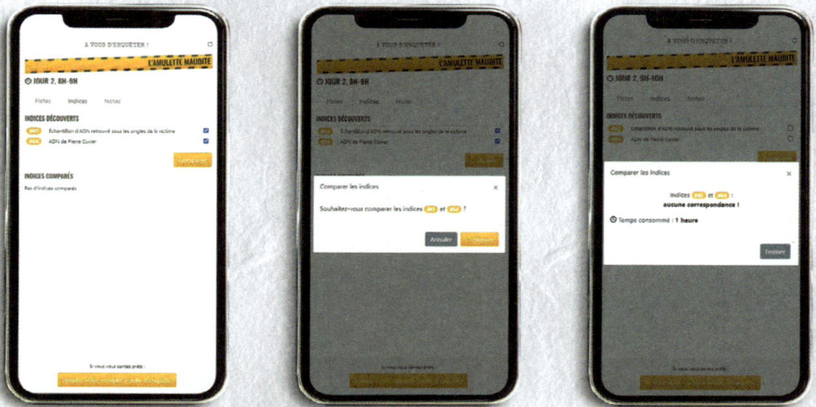

Une fois votre enquête terminée, vous pourrez accéder à une version numérique du compte-rendu d'enquête et découvrir aussitôt votre score.

À vous d'enquêter !

TOP SECRET

SCÈNE DE CRIME

2

L'AFFAIRE DE L'AMULETTE MAUDITE

PARIS, LE MARDI 12 FÉVRIER 2019, 18 H 09.

« Du haut de cette pyramide, quarante siècles d'histoire vous contemplent... »

Depuis la cour Napoléon, au cœur même du Louvre, vous vous arrêtez quelques instants pour contempler la majestueuse pyramide de verre.

Vous montrez votre carte de police à l'agent en faction à l'entrée. Il s'écarte pour vous laisser passer et vous donne quelques maigres indications pour rejoindre la scène de crime. Vous empruntez l'escalator qui s'enfonce sous la pyramide, tentant de vous remémorer les informations transmises par le 36 sur votre affaire.

Cette enquête n'est décidément pas banale : un conservateur vient d'être retrouvé mort à l'intérieur du Louvre, le corps lardé d'une dizaine de coups de couteaux...

Vous passez les portiques de sécurité en tendant à nouveau votre badge et vous pénétrez dans le musée. Un calme religieux règne dans l'édifice. Nous sommes mardi, jour de fermeture hebdomadaire, et le Louvre se trouve donc totalement dépouillé de touristes.

Vous aimeriez bien pouvoir vous autoriser un petit détour, histoire de profiter d'un tête-à-tête exceptionnel avec Mona Lisa, mais le devoir vous attend... Vous suivez donc les consignes de l'officier, tournez à droite au bout de l'allée principale, remontez un étage et pénétrez enfin dans le département des antiquités égyptiennes, au rez-de-chaussée de l'aile Sully.

Dans la première salle, vous longez une allée de sphinx, qui semblent suivre votre passage du coin de l'œil. Dans ce silence étourdissant, le musée pourrait presque servir de décor à un film d'horreur. Vous continuez d'avancer entre des vitrines remplies de sarcophages richement décorés et passez entre d'imposantes colonnes de pierre gardées par des statues colossales à l'effigie de Ramsès, de dieux béliers et d'hommes à tête de faucon.

Quel univers fascinant ! Dans ce Louvre privé de ses visiteurs, vous vous plaisez à flâner entre les reliques égyptiennes. Un voyage presque surnaturel, hors de l'espace et du temps.

Le sifflement suraigu d'un officier agitant les bras au fond du couloir vous ramène à la réalité.

« Inspecteur ! Eh, oh, inspecteur, par ici. Le commissaire Ménard vous attend ! »

Vous suivez l'agent jusqu'à une petite salle voûtée, éclairée par de discrets spots lumineux. En plein milieu de la pièce, le corps d'un homme d'une cinquantaine d'années gît dans une mare de sang. Jamais au cours de son histoire cette salle de musée n'aura autant ressemblé à une crypte.

Les flashs des appareils photos de la police scientifique illuminent la pièce à intervalles réguliers, pour immortaliser la scène de crime sous tous les angles possibles. Les éclairs lumineux se reflètent dans des vitrines chargées de reliques égyptiennes : sarcophages, bustes de pierre, bijoux, armes diverses...

Au fond de la salle, une amulette trône sur un piédestal, sous les feux de plusieurs projecteurs. Sans aucun doute le clou de l'exposition. Vous enjambez précautionneusement le cadavre pour observer l'objet antique de plus près. La voix grave du commissaire résonne dans votre dos :

« L'amulette de Khâemouaset... Un trésor ancestral aux pouvoirs maléfiques. Avez-vous déjà entendu parler de la terrible malédiction de ce prince égyptien ? Brrrrrrr...

— Bonjour, commissaire. Vous me connaissez, je ne suis pas spécialement porté sur le surnaturel...

— Et vous faites bien ! Il vous faudra faire preuve de clairvoyance dans votre enquête. Je vous résume ce qu'on sait déjà : le corps que vous voyez là est celui de Pierre Cuvier, le conservateur en chef du département des antiquités égyptiennes. Il travaillait sur une exposition temporaire, qui devait s'ouvrir prochainement, et qui devait être consacrée à l'un des fils de Ramsès II, un certain Khâemouaset. Le corps de Cuvier a été découvert par un vigile qui effectuait une ronde, vers 14 heures. Il était déjà mort depuis longtemps. On estime l'heure du décès au milieu de matinée, mais le légiste pourra sans doute vous donner une fourchette plus précise. Ah ! Et a priori, la thèse du suicide serait écartée...

— Sans blague... »

Vous ne prenez même pas la peine d'esquisser un sourire pour saluer l'humour macabre du commissaire, qui poursuit :

« Le responsable de la sécurité, à l'accueil, pourra vous en dire plus sur le protocole en vigueur dans l'établissement. Et Arthur Vernier, le directeur du Louvre, se tient évidemment à votre disposition pour toute question. Il faut trouver rapidement qui a tué Pierre Cuvier, et pourquoi ! A priori, rien n'a disparu, le mobile du vol a pour l'instant été écarté, mais sait-on jamais... Quelle est l'arme du crime ? Comment l'assassin a-t-il pu rentrer ? S'agit-il d'un membre du personnel qui a accès au musée les jours de fermeture ? D'une personne de l'extérieur qui a réussi à s'introduire ici ? Bref, ce ne sont pas les questions qui manquent...

— Comptez sur moi, commissaire. »

Ménard hoche la tête et s'éloigne déjà, avant de se raviser :

« Oh, une dernière chose, Lejardin. Inutile de vous dire que le sujet est particulièrement sensible... Le Louvre fait partie des vitrines de la France à l'étranger. Il faut résoudre cette affaire au plus vite. Sans compter que la presse de faits divers va se faire un régal de cette affaire... Je vous donne **10 jours** pour élucider votre enquête ! Ne me décevez pas ! »

Désormais seul au cœur du musée du Louvre, vous récapitulez les pistes à votre disposition...

Pistes à suivre :

- **L07** : Se rendre au poste de surveillance
- **I08** : Interroger Arthur Vernier, directeur du musée du Louvre
- **D06** : Rassembler des informations sur Pierre Cuvier
- **A03** : Consulter le rapport d'autopsie
- **A10** : Examiner les effets personnels de la victime

Ajoutez ces premières pistes à votre feuille de route et placez votre marqueur sur la première tranche horaire (jour 1, 8 h - 9 h).

Choisissez ensuite la piste que vous souhaitez explorer en premier et consultez le paragraphe correspondant dans la section « Pistes ».

À vous d'enquêter !

TOP SECRET

FEUILLE DE ROUTE

JOUR 1	8h-9h
	9h-10h
	10h-11h
	11h-12h
	14h-15h
	15h-16h
	16h-17h
	17h-18h
JOUR 2	8h-9h
	9h-10h
	10h-11h
	11h-12h
	14h-15h
	15h-16h
	16h-17h
	17h-18h
JOUR 3	8h-9h
	9h-10h
	10h-11h
	11h-12h
	14h-15h
	15h-16h
	16h-17h
	17h-18h

PISTES

N°	Description	Vue

PISTES

N°	Description	Vue ?
		☐
		☐
		☐
		☐
		☐
		☐
		☐
		☐
		☐
		☐
		☐
		☐
		☐
		☐
		☐
		☐
		☐
		☐
		☐
		☐

JOUR 4	8h-9h
	9h-10h
	10h-11h
	11h-12h
	14h-15h
	15h-16h
	16h-17h
	17h-18h
JOUR 5	8h-9h
	9h-10h
	10h-11h
	11h-12h
	14h-15h
	15h-16h
	16h-17h
	17h-18h
JOUR 6	8h-9h
	9h-10h
	10h-11h
	11h-12h
	14h-15h
	15h-16h
	16h-17h
	17h-18h

JOUR 7	
8h-9h	
9h-10h	
10h-11h	
11h-12h	
14h-15h	
15h-16h	
16h-17h	
17h-18h	

JOUR 8	
8h-9h	
9h-10h	
10h-11h	
11h-12h	
14h-15h	
15h-16h	
16h-17h	
17h-18h	

JOUR 9	
8h-9h	
9h-10h	
10h-11h	
11h-12h	
14h-15h	
15h-16h	
16h-17h	
17h-18h	

PISTES

N°	Description	Vue
		☐
		☐
		☐
		☐
		☐
		☐
		☐
		☐
		☐
		☐
		☐
		☐
		☐
		☐
		☐
		☐
		☐
		☐
		☐
		☐

PISTES

N°	Description	Vue ?
		☐
		☐
		☐
		☐
		☐
		☐
		☐
		☐
		☐
		☐
		☐
		☐
		☐
		☐
		☐
		☐
		☐
		☐
		☐
		☐

JOUR 10	8h-9h
	9h-10h
	10h-11h
	11h-12h
	14h-15h
	15h-16h
	16h-17h
	17h-18h
JOUR 11	8h-9h
	9h-10h
	10h-11h
	11h-12h
	14h-15h
	15h-16h
	16h-17h
	17h-18h
JOUR 12	8h-9h
	9h-10h
	10h-11h
	11h-12h
	14h-15h
	15h-16h
	16h-17h
	17h-18h

JOUR 13	JOUR 14	JOUR 15
8h-9h	8h-9h	8h-9h
9h-10h	9h-10h	9h-10h
10h-11h	10h-11h	10h-11h
11h-12h	11h-12h	11h-12h
14h-15h	14h-15h	14h-15h
15h-16h	15h-16h	15h-16h
16h-17h	16h-17h	16h-17h
17h-18h	17h-18h	17h-18h

PISTES

N°	Description	Vue
		☐
		☐
		☐
		☐
		☐
		☐
		☐
		☐
		☐
		☐
		☐
		☐
		☐
		☐
		☐
		☐
		☐
		☐
		☐
		☐

INDICES

N°	Description

Jour	Horaire
JOUR 16	8h-9h
	9h-10h
	10h-11h
	11h-12h
	14h-15h
	15h-16h
	16h-17h
	17h-18h
JOUR 17	8h-9h
	9h-10h
	10h-11h
	11h-12h
	14h-15h
	15h-16h
	16h-17h
	17h-18h
JOUR 18	8h-9h
	9h-10h
	10h-11h
	11h-12h
	14h-15h
	15h-16h
	16h-17h
	17h-18h

TOP SECRET

PISTES

4

L-01

SE RENDRE AUX ARCHIVES DU LOUVRE	TEMPS CONSOMMÉ : 2 HEURES

Dans la grande salle des archives du Louvre, située au premier étage de l'aile de Flore, une documentaliste dont l'âge doit flirter avec celui de certaines des momies du département d'égyptologie vous accueille avec une véhémence manifeste :

« Combien de fois devra-t-on le répéter… L'accès à la salle de lecture est possible sur rendez-vous uniquement !

– Bonjour madame. Inspecteur Lejardin, police criminelle. J'enquête sur le meurtre de Pierre Cuvier et je suis à la recherche d'informations concernant des fouilles qu'il aurait menées en Égypte, au début des années 1990.

– Oh la la… Ce pauvre monsieur Cuvier… J'ai appris ce qu'il s'était passé, c'est vraiment atroce… C'était un brave homme, vous savez. Et séduisant, avec ça ! Ah ça, oui ! Ce regard, ces yeux bleus qui vous transperçaient…

– Je suis désolé d'insister, madame, mais j'aimerais beaucoup pouvoir consulter les comptes-rendus relatifs à ces fouilles…

– Très bien, très bien, je vois… Monsieur le policier est pressé… Installez-vous donc dans la salle de lecture en attendant que je retrouve les documents en question. De mémoire, il y avait eu trois expéditions successives, entre 1989 et 1993. Quelles fouilles vous intéressent en particulier ? »

Pistes à suivre :

- **D09** : Compte-rendu de l'expédition de 1989
- **D15** : Compte-rendu de l'expédition de 1991
- **D21** : Compte-rendu de l'expédition de 1993

L-02

SE RENDRE AU COMPTOIR DU CHOCOLAT	TEMPS CONSOMMÉ : 2 HEURES

Le carrousel du Louvre, centre commercial souterrain construit sous le musée, grouille de monde à toute heure de la journée. Au fond de la galerie, plusieurs groupes de touristes asiatiques patientent pour se faire prendre en photo devant la pyramide inversée. Vous vous faufilez parmi la foule jusqu'à la boutique du Comptoir du Chocolat et interrogez la vendeuse :

« Bonjour mademoiselle. Enquête de police. Je suis à la recherche d'un homme dégarni, de forte corpulence, portant un imperméable. Il serait venu dans votre boutique lundi en milieu d'après-midi.

– Désolé, ça ne me dit vraiment rien… On voit défiler beaucoup de monde dans cette boutique, vous savez… »

Alors que vous vous apprêtez à repartir, vous remarquez une caméra de surveillance au-dessus de la porte d'entrée. Vous retournez aussitôt voir la vendeuse :

« Vous devez encore avoir les vidéos de lundi, j'imagine ? »

Une heure plus tard, vous vous trouvez dans la réserve du magasin, à passer en accéléré les enregistrements de vidéosurveillance de la journée de lundi. Sur la bande, à 15 h 36, un homme entre dans la boutique. Embonpoint, calvitie, imperméable : tout correspond ! Vous appelez la vendeuse et lui montrez l'image :

« Ah, mais bien sûr ! Il s'agit de monsieur Delaplace, c'est un habitué. Je n'avais pas fait le rapprochement car il vient d'habitude plutôt le week-end… Attendez, je dois avoir son adresse quelque part dans notre fichier clients… »

Piste à suivre :

- **I13** : Interroger Amaury Delaplace

SE RENDRE À LA SORBONNE POUR RENCONTRER PAUL MICHAUX	TEMPS CONSOMMÉ : 3 HEURES

Arrivé place de la Sorbonne, vous demandez au gendarme en faction devant le bâtiment de vous indiquer le chemin.

Vous empruntez la galerie Gerson, une longue artère au sol de marbre blanc et aux lustres scintillants qui traverse la Sorbonne de part en part, pour accéder à un escalier qui vous mène dans les étages du bâtiment. Quelques minutes plus tard, vous poussez les portes des bureaux de la présidence de l'université.

Après vous être annoncé au secrétariat et avoir expliqué la raison de votre visite, vous êtes invité à patienter quelques instants par l'assistante du président de la Sorbonne, le temps qu'il termine un « rapide » entretien avec le ministre de l'Éducation nationale.

Près d'une heure plus tard, les portes du bureau du président s'ouvrent et Paul Michaux, la cinquantaine dynamique, vous accueille enfin :

« Asseyez-vous, inspecteur. Que puis-je faire pour vous ?

– J'enquête sur le meurtre de Pierre Cuvier, du musée du Louvre, et mes investigations m'ont amené à croiser votre épouse. Elle m'a dit que vous pourriez peut-être me renseigner sur différentes personnes dont les noms sont apparus pendant mes recherches.

– Faites donc. De qui voulez-vous me parler ? »

Pistes à suivre :

- **I05** : Interroger Paul Michaux au sujet de Pierre Cuvier
- **I11** : Interroger Paul Michaux au sujet d'Amaury Delaplace
- **I16** : Interroger Paul Michaux au sujet de Fabrice Bousquet

L-04

SE RENDRE À LA TABLE DU LOUVRE

TEMPS CONSOMMÉ : 1 HEURE

La Table du Louvre, une brasserie chic située à deux pas du musée, est un établissement de choix pour tous les amateurs de gastronomie à la française.

À peine poussez-vous la porte du restaurant qu'un maître d'hôtel en smoking vient à votre rencontre, plateau à la main, en slalomant avec dextérité entre les tables parfaitement dressées.

« Bonjour. Police criminelle. Je cherche des informations concernant un certain Pierre Cuvier.

– Monsieur Cuvier fait partie de nos clients les plus fidèles.

– Je crois savoir qu'il devait déjeuner ici, le mardi 12 février.

– Tout à fait, nous avions une réservation pour 2 personnes, à 13 heures. Il nous avait demandé de mettre une bouteille de champagne au frais. Un très grand cru. Il souhaitait, je crois, annoncer une grande nouvelle à sa compagne, Lucie Descombes. Nous avons été très étonnés qu'il n'honore pas sa réservation, ça n'est pas du tout son genre... »

Piste à suivre :

- **I15 :** Interroger Lucie Descombes

L-05

SE RENDRE AU CIMETIÈRE DU PÈRE-LACHAISE	TEMPS CONSOMMÉ : 2 HEURES

Vous vous perdez pendant près d'une heure parmi les allées du Père-Lachaise à la recherche de la division 34, que vous finissez par dénicher à la périphérie sud du cimetière.

Il vous faut encore quelques dizaines de minutes pour parvenir à identifier la seule sépulture de la division qui puisse correspondre aux indications trouvées dans l'éphéméride posé sur le bureau d'Amaury Delaplace : une tombe fraîchement fleurie, au nom de Fabrice Bousquet. Né en 1964 et décédé le 3 février 2019. L'une des plaques funéraires de marbre, barrée des mots « À Fabrice, ami fidèle et professeur d'égyptologie émérite », finit de vous convaincre que vous vous trouvez au bon endroit.

Delaplace était donc venu rendre un dernier hommage à Fabrice Bousquet quelques jours à peine avant de disparaître à son tour.

Alors que vous vous apprêtez à quitter les lieux, une femme d'une cinquantaine d'années, d'une élégance recherchée, avance dans votre direction, une gerbe de fleurs dans les mains. Elle vous salue d'un discret signe de la tête et dépose le bouquet sur la tombe de Fabrice Bousquet.

Pistes à suivre :

- **I12** : Interroger la femme du cimetière
- **D17** : Se renseigner sur Fabrice Bousquet

L-06

CONSULTER UN EXPERT POUR CONNAÎTRE LA SIGNIFICATION DES HIÉROGLYPHES	TEMPS CONSOMMÉ : 2 HEURES

En poussant la porte du bureau de Noémi Villars, le docteur en égyptologie que vous a expressément recommandé le directeur du Louvre, vous savez immédiatement que vous ne vous êtes pas trompé d'endroit. La pièce entière est décorée de statuettes de divinités, de papyrus couverts de hiéroglyphes et de bustes de pharaons. Au-dessus du fauteuil, un tableau représentant un œil humain fardé et souligné de plumes attire votre attention.

Le Dr Villars remarque votre intérêt pour la toile :

« Magnifique, n'est-ce pas ? L'œil-oudjat. Un symbole d'unité et de santé dans l'Égypte antique. Mais installez-vous donc, inspecteur, je vous en prie.

– Merci docteur de me recevoir si rapidement. J'ai avec moi une feuille sur laquelle a été tracée une série de hiéroglyphes. J'aurais aimé que vous m'aidiez à traduire ce texte. »

Le Dr Villars se penche sur la feuille qui était glissée dans l'enveloppe et vous montre du doigt les caractères au fur et à mesure de sa traduction :

« Cette première ligne pourrait signifier quelque chose comme “Je sais tout”. Quant à celle-ci... Et bien, voilà qui fait froid dans le dos... Non, pas de doute, c'est bien ça... La seconde phrase veut tout simplement dire : “Vois, tu vas mourir !” »

L-07

SE RENDRE AU POSTE DE SURVEILLANCE | **TEMPS CONSOMMÉ : 1 HEURE**

Le chef de la sécurité du Louvre attendait patiemment votre visite au poste de surveillance, sous la grande pyramide. Il vous présente ses premières conclusions avec une rigueur toute militaire :

« Comme vous devez le savoir, le mardi est le jour de fermeture hebdomadaire du musée. Les entrées sont donc strictement limitées au personnel habilité : agents d'entretien, directeurs de collection, conservateurs…

– Avez-vous un moyen de savoir quelles personnes étaient présentes dans l'enceinte de l'établissement ?

– Bien sûr ! Pour passer les portiques disposés à chaque porte du musée, les employés utilisent un badge nominatif. Nous disposons donc d'un registre informatisé des entrées et sorties. Vous pouvez également interroger Jules Béranger, le gardien en poste à l'entrée principale, au moment du meurtre.

– Parfait ! Disposez-vous de caméras de surveillance ?

– Pas dans la salle où l'exposition était en cours de préparation, malheureusement…

– Rien d'autre à ajouter ?

– Juste un petit détail… J'ai entendu dire que la victime avait été poignardée. Et je me demande bien comment l'assassin a pu introduire un couteau, avec les portiques détecteurs de métaux… »

Pistes à suivre :

- I07 : Interroger Jules Béranger, le gardien en faction
- D23 : Consulter le registre des entrées et sorties

L-08

FOUILLER LE BUREAU DE MATHIS POMEROY	TEMPS CONSOMMÉ : 3 HEURES

Le bureau de Mathis Pomeroy, situé au dernier étage de l'aile Denon, sous les combles, se révèle à l'image de son propriétaire : froid et austère. En ce mois de février, dans cette petite salle mal isolée, la température doit à peine dépasser les 15 degrés.

Avec l'aide de collègues de la DRPJ, vous fouillez de fond en comble la pièce. Vous épluchez les piles de documents rédigés par le conservateur du département des Antiquités orientales, passez en revue ses classeurs et décrochez le moindre cadre à la recherche d'indices pouvant orienter votre enquête. En vain...

Seule découverte digne d'intérêt : en forçant la serrure du tiroir sous le bureau, vous finissez par dénicher un coupe-papier en argent et bois précieux.

Pistes à suivre :

- A11 : Faire analyser le coupe-papier
- A14 : Demander une expertise graphologique de l'écriture de Mathis Pomeroy

SE RENDRE AU CABINET DE NOTAIRES BELLEGARDE & FILS	TEMPS CONSOMMÉ : 2 HEURES

Vous traversez Paris pour vous rendre à l'office notarial Bellegarde & Fils, dans le VIIIe arrondissement. Au bout de près de quarante-cinq minutes d'attente à l'accueil, un homme en costume impeccable vient vous trouver et vous tend une poignée de main franche et solide.

« Florent Bellegarde, fondateur de cet office. Veuillez m'excuser, j'étais en rendez-vous. Que puis-je faire pour vous, inspecteur ?

– Je cherche des renseignements concernant l'un des clients de votre cabinet : Pierre Cuvier.

– Pierre ? Pierre est un ami avant d'être un de nos clients !

– Dans ce cas, je crains de devoir vous annoncer une triste nouvelle. Pierre Cuvier vient d'être assassiné…

– C'est… C'est terrible… Je l'ai eu au téléphone ce week-end même ! A-t-on identifié son meurtrier ?

– L'enquête suit son cours… Que faisait votre cabinet pour Pierre Cuvier, précisément ?

– Eh bien, nous nous occupions de la gestion de l'ensemble de son patrimoine. Transactions et négociations immobilières, crédits en banque, succession, donations… »

Piste à suivre :

- I03 : Interroger Me Bellegarde sur un éventuel testament

L-10

SE RENDRE AU LABORATOIRE DE BIOLOGIE MÉDICALE	TEMPS CONSOMMÉ : 2 HEURES

Vous vous rendez au laboratoire de biologie médicale, rue d'Assas, et présentez immédiatement votre plaque à l'accueil.

« Lieutenant Lejardin, DRPJ Paris. Dans le cadre d'une enquête criminelle, je dois consulter les résultats d'une analyse que vous avez réalisée pour le compte d'un suspect. Je dispose d'une commission rogatoire.

– Très bien. De quel type d'analyse s'agit-il ?

– Je l'ignore, malheureusement… Je dispose simplement d'un numéro de dossier : TPA-201902012.

– Ah, il s'agit donc d'un « Test de Paternité Anonyme »… C'est… C'est un peu gênant… Nous n'aurions en théorie pas le droit de proposer de telles analyses… Mais la demande existe, et n'importe qui peut se procurer de tels tests sur Internet de nos jours…

– En quoi cela consiste-t-il, exactement ?

– Un client nous remet deux échantillons et le laboratoire se charge d'établir si les séquences d'ADN en question correspondent. Le test est fiable à 99 % pour établir ou réfuter un lien de paternité. Je peux vous transférer les résultats, si vous le souhaitez ?

– Avec plaisir ! Avez-vous l'identité du demandeur ?

– Comme je vous l'ai dit, ce test est totalement anonymisé, nous ne demandons pas l'identité du demandeur… »

Piste à suivre :

- **A12** : Faire analyser les résultats du test de paternité

SE RENDRE À LA SORBONNE POUR VÉRIFIER L'ALIBI D'AUGUSTIN BOUSQUET	TEMPS CONSOMMÉ : 2 HEURES

Dans un des amphithéâtres de la Sorbonne, vous retrouvez les étudiants de licence d'histoire à qui Augustin Bousquet assure avoir donné un cours le jour du meurtre.

« Bonjour à tous. J'interviens dans le cadre d'une enquête criminelle. Certains d'entre vous peuvent-ils m'affirmer avoir assisté à un cours du professeur Augustin Bousquet, le mardi 12 février au matin ? »

Plusieurs mains se lèvent dans les rangs de l'amphithéâtre et l'un des étudiants prend la parole :

« Je peux vous le confirmer. C'était un cours magistral sur le christianisme antique. Ça a duré près de quatre heures non-stop, de 8 heures à midi. Croyez-moi, on n'est pas près de l'oublier…

– Je veux bien vous croire… Rester assis toute la matinée sur les bancs d'un amphithéâtre, sans pause, ça doit être éprouvant.

– Enfin… Pas tout à fait, inspecteur. Ce cours avait lieu en distanciel : chacun chez soi, derrière son écran d'ordinateur, à écouter religieusement la présentation de Bousquet sans pouvoir l'interrompre… »

L-12

FOUILLER LA BIBLIOTHÈQUE D'AMAURY DELAPLACE

TEMPS CONSOMMÉ : 3 HEURES

Si la bibliothèque occupe une place centrale dans l'appartement de la victime, c'était très certainement parce que la vie même de Delaplace tournait autour de la littérature. Les rayonnages débordent de romans, d'ouvrages historiques, de mémoires de personnages célèbres... Il y en aurait pour des semaines pour inventorier l'ensemble des livres entreposés ici.

Toutefois, sur une étagère à proximité du bureau, une série de carnets noirs tous identiques attire votre attention. Sobrement intitulés « Mémoires A.D. », les petits cahiers sont numérotés par année.

Le reste de vos recherches révèle peu d'éléments intéressants, mis à part peut-être cet éphéméride, posé sur un socle de bois au niveau du bureau, qui pourrait vous en apprendre davantage sur les derniers jours de la victime.

Pistes à suivre :

- D08 : Consulter les carnets d'Amaury Delaplace
- D18 : Feuilleter l'éphéméride

SE RENDRE À LA PITIÉ-SALPÊTRIÈRE

TEMPS CONSOMMÉ : 3 HEURES

Vous décidez de vous rendre à la Pitié-Salpêtrière, afin d'enquêter sur les séjours du fils de Fabrice Bousquet au sein de l'hôpital. Vous vous présentez à l'accueil et expliquez brièvement la raison de votre visite :

« Je suis à la recherche d'informations concernant l'un de vos anciens patients : Augustin Bousquet. »

Le jeune infirmier pianote sur le clavier de son ordinateur. La réponse est instantanée.

« Bousquet, Augustin. Né en 1990. Oui, on a effectivement un dossier à ce nom. Il a été suivi par le département de psychiatrie adulte. Le Dr Cohen, qui dirige ce service, n'est pas là aujourd'hui. Mais moyennant une commission rogatoire du juge d'instruction, je pourrai vous faire suivre le dossier médical complet du patient... »

Piste à suivre :

- **D11** : Consulter le dossier médical d'Augustin Bousquet

SE RENDRE AU CAFÉ MARLY	TEMPS CONSOMMÉ : 1 HEURE

Le Café Marly, une brasserie nichée sous les arcades de l'aile Richelieu du Palais du Louvre, offre une vue panoramique sur la cour Napoléon et la grande pyramide.

Vous interpellez un garçon de café occupé à débarrasser une table sur la terrasse et vous lui montrez une photo de la victime :

« Bonjour. Police criminelle. Connaissez-vous cet homme ?

– M'sieur Cuvier ? Bien sûr, tout le monde le connaît ici, c'est un de nos grands habitués !

– Vous souvenez-vous de l'avoir vu lundi après-midi ?

– Laissez-moi réfléchir… Oui, exact. Il avait rendez-vous avec un autre homme, je les ai installés à une table tranquille, à l'intérieur.

– Cette autre personne, vous la connaissiez ?

– Non, jamais vu. C'était un type dégarni, avec un sacré embonpoint et le même imper que Columbo. La soixantaine, je dirais, comme m'sieur Cuvier. C'est pas trop mon genre d'écouter les conversations, vous savez, mais leur discussion était plutôt animée. Ils semblaient nerveux, tous les deux. M'sieur Cuvier a montré un papier à son invité, une feuille avec des petits dessins égyptiens… Oh, j'y repense, tout à coup. Ce type, en partant, il a dit qu'il allait en profiter pour passer au Comptoir du Chocolat, au carrousel du Louvre… P't'être bien que là-bas, ils le connaissent ? »

Piste à suivre :

- L02 : Se rendre au Comptoir du Chocolat

L-15

SE RENDRE AU DOMICILE DE PIERRE CUVIER	TEMPS CONSOMMÉ : 3 HEURES

Vous vous rendez au 12 rue de Lille, dans le VIIe arrondissement. Paul Cuvier était propriétaire d'un luxueux trois pièces dans cet immeuble haussmannien cossu, à quelques centaines de mètres à peine du Louvre.

Au premier étage, les scellés posés sur la porte d'entrée de l'appartement vous indiquent que la police scientifique est déjà à pied d'œuvre pour tenter de dénicher de précieux indices.

Vous interrogez le technicien en charge :

« Quelque chose d'intéressant à signaler par ici ?

– Pas grand-chose, je le crains… On a passé toutes les pièces au peigne fin. Un point intéressant, malgré tout : une des fenêtres, côté rue, présente des signes d'effraction. J'ai vérifié, Cuvier avait signalé une tentative d'intrusion il y a quelques jours. Le commissariat du VIIe a un rapport circonstancié là-dessus. Sinon, on a trouvé une lettre plutôt étrange, dans une enveloppe, au fond du tiroir du bureau de Cuvier. Une série de petits dessins égyptiens, tracés à la main… Comment ça s'appelle déjà ? Ah oui, des hiéroglyphes ! »

Pistes à suivre :

- **L06** : Interroger un expert sur la signification des hiéroglyphes
- **D16** : Consulter le rapport de police sur l'intrusion au domicile de Pierre Cuvier
- **A05** : Faire analyser l'enveloppe par le laboratoire

L-16

SE RENDRE CHEZ MORE SECURE WORLD	TEMPS CONSOMMÉ : 2 HEURES

Vous vous rendez au siège de More Secure World, la société de protection rapprochée. Derrière le comptoir de l'accueil resplendissent le logo de l'entreprise et trois mots en lettres d'or. Vous interrogez la secrétaire :

« "Discrétion et sécurité"... Votre slogan, j'imagine ?

– Tout à fait, monsieur. C'est la devise de la MSW !

– Pour la sécurité, on repassera... Pierre Cuvier, l'un de vos clients a priori, vient d'être assassiné. Je cherche à entrer en contact avec le garde du corps qui lui était affecté. »

Décomposée, la jeune fille enchaîne les coups de téléphone et vous met directement en relation avec l'agent chargé de la protection de Cuvier. Au bout du fil, une voix grave mais posée vous répond :

« Me voilà dans une sacrée galère... J'imaginais bien qu'il lui était arrivé quelque chose... Il ne m'a plus donné de nouvelles après que je l'eus déposé au Louvre, mardi matin vers 9 heures, à l'entrée de la porte des Lions. J'ai attendu qu'il passe le portique, comme il me l'avait demandé, et je suis reparti. J'attendais son appel pour venir le récupérer. Cuvier craignait pour sa vie, depuis la tentative d'intrusion à son domicile. Il se sentait traqué, épié, suivi... Du coup, je l'accompagnais partout, dès qu'il m'appelait. Les seuls endroits où il souhaitait rester seul, c'était chez lui et au musée du Louvre... »

Piste à suivre :

- **D16** : Consulter le rapport de police sur l'intrusion au domicile de Pierre Cuvier

L-17

SUIVRE LES TRACES DE L'ASSASSIN DANS LES RUES DU XIVE ARRONDISSEMENT

TEMPS CONSOMMÉ : 3 HEURES

L'avenue de l'Observatoire est une artère calme et huppée de Paris, à deux pas du jardin du Luxembourg.

Vous commencez votre enquête de voisinage en interrogeant les propriétaires des appartements alentour. Si l'assassin a tiré le coup de feu depuis la rue, comme vous le pensez, il est probable que des voisins ou des passants aient été alertés par le bruit et aient pu noter des détails précieux concernant le meurtrier.

Justement, un vieux retraité habitant l'immeuble de l'autre côté de la rue vient à votre rencontre, ravi de pouvoir coopérer à cette enquête policière qui va briser la routine de ses journées :

« J'ai tout vu, monsieur le policier ! Un grand échalas, qui a filé en direction de l'Observatoire, après avoir tiré ce coup de feu. Il a escaladé les grilles, là-bas, sur la gauche. Décidément, on n'est plus à l'abri nulle part, même dans les beaux quartiers ! Mais que fait la police ? »

Vous vous dirigez immédiatement vers l'Observatoire et, à l'endroit indiqué par le témoin, vous trouvez dans l'herbe un téléphone portable, très certainement tombé de la poche de l'assassin lors de son escalade des grilles...

Piste à suivre :

- A15 : Faire analyser le téléphone portable

L-18

SE RENDRE À L'AGENCE AIR AZUR	TEMPS CONSOMMÉ : 2 HEURES

Vous vous rendez à l'agence Air Azur, rue de Rennes. Sur les écrans LCD géants installés en vitrine resplendissent des plages de sable fin et des lagons couleur émeraude. Sacré contraste avec la grisaille parisienne de ce mois de février…

Vous poussez la porte de l'agence et vous vous adressez à une jeune standardiste au casque-micro vissé sur les oreilles :

« Inspecteur Lejardin, police criminelle. J'enquête sur un de vos clients potentiels, un certain Pierre Cuvier. Pouvez-vous m'indiquer si vous disposez d'une réservation à son nom ?

– Voyons voir… Un petit instant s'il vous plaît, j'interroge la base de données. Ah, voilà ! Oui, tout à fait, monsieur Cuvier a réservé deux billets pour le vol Air Azur à destination de Rio de Janeiro, pour le mercredi 13 février 2019. Les billets sont au nom de Pierre Cuvier et Lucie Descombes. Départ à 19 h 45 de Paris-Charles-de-Gaulle. Pas de billet retour programmé pour l'instant… »

Piste à suivre :

- I15 : Interroger Lucie Descombes

I-01

INTERROGER MATHIS POMEROY — **TEMPS CONSOMMÉ : 2 HEURES**

« Cuvier ? Vous voulez vraiment connaître mon opinion sur lui ? Un bien piètre conservateur, désorganisé et désinvolte, doublé d'un vulgaire coureur de jupons... »

Mathis Pomeroy, le conservateur du département des Antiquités orientales du musée du Louvre, ne paraît décidément pas porter en haute estime son ancien collègue et n'a pas sa langue dans sa poche...

« Je sais pertinemment bien que notre directeur, Arthur Vernier, ne tarissait pas d'éloges concernant Cuvier. Pour moi, c'est simple : Cuvier était un arriviste. Je n'ai aucun problème à le reconnaître, je ne l'appréciais pas.

– Au point de l'assassiner, peut-être ?

– Allons, inspecteur... Restons sérieux, voulez-vous...

– Plus sérieusement, alors : où étiez-vous, mardi matin ?

– Je suis venu ici, pour travailler. J'ai passé toute la matinée à mon bureau. Je coordonne en ce moment même une exposition, en partenariat avec le Louvre-Lens, consacrée aux grandes nécropoles phéniciennes. Cela représente énormément de travail. »

Pistes à suivre :

- L08 : Fouiller le bureau de Mathis Pomeroy
- A06 : Proposer à Mathis Pomeroy de se soumettre à un prélèvement ADN

INTERROGER FLORENCE BOUSQUET SUR AUGUSTIN

TEMPS CONSOMMÉ : 1 HEURE

« Que pouvez-vous me dire sur Augustin, le fils de votre mari ?

– Quand j'ai rencontré Fabrice, en 2005, Augustin était encore adolescent et il avait de sérieux problèmes avec l'autorité et la police. Il a perdu sa mère alors qu'il n'avait même pas deux ans et même si Fabrice lui donnait tout l'amour qu'un enfant est en droit d'attendre, et même plus, Augustin a toujours beaucoup souffert de cette absence de figure maternelle. Par la suite, il a été suivi à l'hôpital de la Pitié-Salpêtrière, car il souffrait de troubles psychologiques. Il y a quelques années, Fabrice s'est arrangé pour qu'Augustin puisse obtenir un poste de professeur à la Sorbonne, afin de lui apporter la stabilité qui lui faisait défaut, et aussi pour pouvoir garder un œil sur lui. Augustin était passionné comme son père par l'histoire, et Fabrice connaissait bien le directeur de la Sorbonne... Voilà, je pense que c'est à peu près tout...

– Pourquoi ai-je l'impression que vous me cachez quelque chose ?

– Je ne pense pas que ça puisse aider votre enquête, mais puisque vous cherchez à savoir... Après tout, tout le monde se doute bien que Fabrice n'est pas le père biologique d'Augustin. Regardez ces photos, ils ne se ressemblent pas pour un sou... Augustin s'est-il douté de quelque chose, durant son adolescence, ou plus tard ? Je ne sais pas. Toujours est-il qu'avant de mourir, Fabrice m'a dit qu'il voulait mettre certaines choses au point avec lui. J'ignore s'il a eu le temps de le faire... »

Pistes à suivre :

- L13 : Se rendre à la Pitié-Salpêtrière
- D05 : Consulter le dossier de police sur Augustin Bousquet

I-03

INTERROGER Me BELLEGARDE SUR UN ÉVENTUEL TESTAMENT

TEMPS CONSOMMÉ : 1 HEURE

« Justement… Pierre est venu me trouver à l'office, le vendredi 8, pour me demander si je pouvais m'atteler à la rédaction d'un testament, en faveur de Lucie Descombes. Lucie et lui étaient en couple depuis plusieurs années, mais en union libre. Sans testament, elle n'aurait pas pu prétendre à l'héritage. Pierre m'avait paru nerveux, ce jour-là. Il m'a demandé de faire au plus vite. J'avais craint qu'il soit tombé malade, ou qu'il se sente menacé, mais il n'a pas voulu s'exprimer sur le sujet. J'ai donc travaillé sur la rédaction de ce testament pendant le week-end et j'ai appelé Pierre lundi matin pour lui dire que j'avais terminé. Il est passé en fin de journée à l'office pour signer l'acte, accompagné d'un garde du corps. Un malabar de la société More Secure World.

– Dans ce cas, vous devez être l'une des dernières personnes à vous être entretenues avec lui… Pouvez-vous me dire précisément de quoi va hériter Lucie Descombes ?

– De l'intégralité de la fortune de Pierre : épargne, actions et patrimoine immobilier. Au bas mot, on parle de trois à quatre millions d'euros… »

Pistes à suivre :

- I16 : Se rendre chez More Secure World
- I15 : Interroger Lucie Descombes

I-04

INTERROGER FLORENCE BOUSQUET — TEMPS CONSOMMÉ : 2 HEURES

Vous retrouvez Florence Bousquet dans la maison qu'elle occupait avec son mari Fabrice, à Montmartre.

« Merci d'accepter de répondre à mes questions en cette période forcément compliquée pour vous... J'enquête sur le meurtre de deux personnes, Pierre Cuvier et Amaury Delaplace. Deux passionnés d'égyptologie, comme l'était je crois votre mari, au début de sa carrière.

– Oui, Fabrice m'avait parlé à plusieurs reprises de ces fouilles qu'il avait menées au début des années 1990 si ma mémoire est bonne. Mais il n'était jamais vraiment entré dans les détails avec moi, et de mon côté, je n'ai jamais souhaité insister, car ces expéditions lui rappelaient de mauvais souvenirs. Il avait perdu le premier amour de sa vie lors d'un de ces chantiers en Égypte : Viviane, la mère de son fils Augustin. Sa "Néfertiti", comme il l'appelait affectueusement... Suite à ça, Fabrice a préféré s'orienter vers l'enseignement et a été recruté à la Sorbonne. Quand je l'ai rencontré, en 2008, sa carrière d'égyptologue était déjà loin derrière lui...

– Vous ne connaissez donc pas personnellement Cuvier et Delaplace ?

– Non, je regrette, inspecteur... »

Pistes à suivre :

- **I02 :** Interroger Florence Bousquet sur Augustin
- **I17 :** Interroger Augustin Bousquet

I-05

INTERROGER PAUL MICHAUX AU SUJET DE PIERRE CUVIER	TEMPS CONSOMMÉ : 1 HEURE

« Comme je vous l'ai expliqué, monsieur le président, nous venons de retrouver le corps de Pierre Cuvier, le conservateur du département des antiquités égyptiennes du musée du Louvre. Il a été assassiné. Le connaissiez-vous ?

– Cuvier... Ah, oui, ça me revient ! Je ne le connaissais pas personnellement, mais Cuvier était un ami de Fabrice Bousquet. Ils ont étudié et se sont lancés dans l'archéologie ensemble, si mes souvenirs sont bons. Fabrice m'a beaucoup parlé de lui, à une époque. Ils étaient très proches, mais ils ont fini par se brouiller en raison d'un incident survenu pendant des fouilles en Égypte, au début des années 1990. Une histoire de jalousie, au sujet de Viviane, le premier amour de Fabrice, il me semble... »

I-06

INTERROGER ÉLODIE GALLOIS

TEMPS CONSOMMÉ : 2 HEURES

Vous donnez rendez-vous à Élodie Gallois devant la grande pyramide, au milieu de la cour Napoléon, et vous marchez ensemble en direction du jardin du carrousel, tout en échangeant sur votre affaire. La collègue de Pierre Cuvier, une jeune femme blonde d'une petite quarantaine d'années, grille cigarette sur cigarette.

« Que pouvez-vous me raconter sur Cuvier ?

– Pierre était un grand professionnel. Un conservateur passionné et totalement dévoué à son travail. Et un amant hors pair...

– Vous aviez une relation ?

– Nous sommes restés ensemble deux ou trois ans, il y a une dizaine d'années. J'avais intégré le musée depuis peu, au département des Antiquités orientales, sous la direction de Mathis Pomeroy. Pierre était pour sa part le conservateur principal du département égyptien. Mathis et moi avions commencé à nous rapprocher, à l'époque, mais Pierre m'a rapidement séduite, et nous avons fini ensemble. Au grand dam de Mathis... Vous vous en rendrez bien vite compte, en menant votre enquête : Pierre était un homme à femmes, un dragueur de première. Il avait un charme fou, et il savait en jouer.

– Étiez-vous présente au Louvre, le matin où le meurtre a été commis ?

– Oui, j'étais bien sur place : j'adore flâner dans le musée, les jours de fermeture. Le privilège du personnel. J'en ai profité pour récupérer quelques documents à mon bureau. J'ai dû rester à peine deux heures au Louvre, et ensuite je suis rentrée travailler à mon domicile. »

I-07

INTERROGER
JULES BÉRANGER,
LE GARDIEN EN FACTION

TEMPS CONSOMMÉ :
2 HEURES

Vous interrogez Jules Béranger, le gardien en poste à l'entrée principale du musée, le jour du meurtre :

« Vous souvenez-vous avoir vu arriver Pierre Cuvier, ce matin-là ?

– Oui, je m'en souviens parfaitement ! Il est arrivé vers 11 heures. Ça m'a un peu surpris, sur le coup, car monsieur Cuvier est d'habitude plus matinal. J'étais au téléphone, dans le PC sécurité, quand il est arrivé aux portiques d'accès. Je l'ai vu à travers la vitre. Il m'a fait signe qu'il avait oublié son badge. J'ai déverrouillé le sas manuellement pour pouvoir le laisser entrer.

– S'agit-il de la procédure habituelle ?

– Non, bien sûr… Normalement, on est supposé demander une pièce d'identité. Mais je travaille ici depuis dix ans, et je connais bien monsieur Cuvier. Il mesure près de deux mètres ! Mardi, il portait un chapeau et était emmitouflé dans son écharpe, mais malgré ça, je suis certain que c'était lui. Je reconnaîtrais son regard entre mille ! Monsieur Cuvier avait des yeux d'un bleu si intense… »

I-08

INTERROGER LE DIRECTEUR DU MUSÉE DU LOUVRE

TEMPS CONSOMMÉ : 2 HEURES

Arthur Vernier, le directeur du Louvre, vous reçoit dans son bureau, au dernier étage de l'aile Richelieu. Depuis la fenêtre, vous profitez d'une vue imprenable sur la cour Napoléon et la pyramide de verre de Ieoh Ming Pei.

« Comme vous vous en doutez, la disparition de Pierre Cuvier est une tragédie pour le musée. Nous perdons un conservateur brillant aux méthodes résolument modernes, doublé d'un ami fidèle. Je travaille moi-même avec Pierre depuis le tout début de sa carrière. Il était justement en train d'achever la mise en place d'une exposition dédiée à l'amulette de Khâemouaset, découverte au cours de fouilles qu'il avait lui-même entreprises au début des années 1990. À coup sûr, les plus superstitieux diront que la malédiction de Khâemouaset a encore frappé... Enfin bref... Où en étais-je ? Ah, oui... Cette exposition, qui regroupe des pièces magnifiques, devait être le point d'orgue de la carrière de conservateur de Pierre Cuvier. Étant moi-même à la retraite dans quelques mois, je comptais en effet sur lui pour me succéder en tant que directeur du Louvre. Je vais donc me tourner vers mon deuxième choix... Je suis certain que Mathis Pomeroy, le conservateur du département des Antiquités orientales, aura également la carrure d'un grand directeur ! »

Pistes à suivre :

- **I01** : Interroger Mathis Pomeroy
- **I09** : Interroger Vernier sur la malédiction de Khâemouaset
- **D13** : Consulter le catalogue de l'exposition

I-09

INTERROGER ARTHUR VERNIER SUR LA MALÉDICTION DE KHÂEMOUASET

TEMPS CONSOMMÉ : 1 HEURE

« Vous avez évoqué devant moi la malédiction de Khâemouaset. De quoi s'agit-il ? Pouvez-vous m'en dire plus ?

– Oh, ça… Une vieille légende dans le monde de l'archéologie… Le prince Khâemouaset était l'un des fils royaux de Ramsès II. Un grand prêtre, passionné par les écrits anciens et la sauvegarde des anciens monuments. Le père de tous les archéologues, en quelque sorte… Sa sépulture a été découverte par Auguste Mariette en 1852, mais la recherche de certaines de ses reliques princières a donné du fil à retordre à bon nombre d'égyptologues. Les fouilles se sont succédé pendant toute une partie du XXe siècle, accompagnées de phénomènes surnaturels qui ont petit à petit forgé la malédiction de Khâemouaset : morts étranges, disparitions inexpliquées, intoxications soudaines… C'est finalement Pierre Cuvier et ses hommes qui ont découvert la relique la plus précieuse, l'amulette princière, lors d'un chantier sur le plateau de Saqqarah en 1991. Durant cette expédition, une jeune femme a tragiquement disparu, renforçant encore la triste légende… Si le sujet vous intéresse, je suis certain que les archives du musée ont conservé des documents relatifs à ces fouilles. Je me souviens que la presse à faits divers se délectait également de ces superstitions de pacotille : même *Détective Magazine* y avait consacré un article, à l'époque ! »

Pistes à suivre :

- **L01** : Se rendre aux archives du Louvre
- **D01** : Consulter les archives de *Détective Magazine* au sujet de l'expédition

I-10

INTERROGER JOËL DELAFOSSE — **TEMPS CONSOMMÉ : 2 HEURES**

Joël Delafosse, la trentaine, veste en tweed et petites lunettes rondes, ressemble au portrait-type du jeune universitaire.

« Que pouvez-vous me dire sur Pierre Cuvier ?

– Peu de choses, je le crains. Je le connaissais au final assez peu. Cela nous arrivait de nous croiser, mais nous n'avions pas plus de contacts que cela au sein du Louvre. Nous ne travaillions pas dans la même division du musée : je représente le département des Arts graphiques, tandis que Cuvier s'occupait des Antiquités égyptiennes. Quelle triste fin, quand on y pense… Poignardé alors qu'il finissait de préparer l'exposition consacrée au fils de Ramsès II… Les journaux vont encore faire les gros titres en affabulant sur une soi-disant malédiction des pharaons…

– Vous étiez vous-même au Louvre, mardi ?

– Oui. Même si le musée est fermé, les responsables de collection viennent ici pour travailler dans le calme. Je suis arrivé le matin vers 9 heures et je suis ressorti un peu avant midi, pour aller déjeuner. Il m'a d'ailleurs semblé apercevoir Cuvier à ce moment-là : il passait le portique de sortie, passage Richelieu, avec quelques dizaines de mètres d'avance sur moi. Il semblait pressé, alors je n'ai même pas cherché à le saluer. »

INTERROGER PAUL MICHAUX AU SUJET D'AMAURY DELAPLACE

TEMPS CONSOMMÉ : 1 HEURE

« Monsieur le président, que pouvez-vous me dire sur Amaury Delaplace ? Ce nom vous évoque-t-il quelque chose ?

– Delaplace, Delaplace… Non, je ne vois pas.

– Il a assisté à l'enterrement de Fabrice Bousquet, le 5 février. »

Vous tendez à Paul Michaux une photo récente de la victime du deuxième meurtre. Le président de la Sorbonne secoue la tête négativement.

« Non, vraiment, ça ne me dit rien. Désolé, je ne connaissais pas tous les amis de Fabrice. »

I-12

INTERROGER LA FEMME DU CIMETIÈRE — **TEMPS CONSOMMÉ : 1 HEURE**

Vous vous adressez à la femme occupée à fleurir la tombe de Fabrice Bousquet :

« Bonjour Madame. Je suis désolé de vous déranger. Je travaille pour la brigade criminelle, et mon enquête m'a conduit ici. Inspecteur Lejardin.

– Bonjour. Je m'appelle Blanche Michaux.

– Enchanté, madame Michaux. Que pouvez-vous me dire sur Fabrice Bousquet ?

– Fabrice était l'un des plus proches amis de mon mari, Paul. Il était professeur d'histoire de l'art à la Sorbonne et il a été emporté par un cancer foudroyant il y a quelques jours.

– Toutes mes condoléances. Connaissiez-vous également un certain Pierre Cuvier ?

– Non, ce nom ne me dit rien, désolé. Mais vous devriez demander à mon mari, il pourra peut-être vous apporter plus d'informations. Paul dirige l'université de la Sorbonne. Vous pourrez le trouver sur place, si vous en avez besoin. »

Piste à suivre :

- **L03** : Se rendre à la Sorbonne pour rencontrer Paul Michaux

I-13

INTERROGER AMAURY DELAPLACE

TEMPS CONSOMMÉ : 2 HEURES

Amaury Delaplace vous ouvre en personne la porte de son appartement, au premier étage d'un immeuble bourgeois du XIVe arrondissement. Lorsque vous lui présentez votre plaque, son visage se décompose :

« Qu'est-ce... Que puis-je faire pour vous, inspecteur ?

– Que pouvez-vous me dire sur Pierre Cuvier ? »

Delaplace blêmit encore un peu plus, signe que vous touchez au but. Il vous conduit dans sa bibliothèque pour poursuivre la conversation. Dos à la grande baie vitrée, il bafouille :

« Je... Eh bien, Pierre Cuvier était un ami de longue date...

– Tiens donc. Vous parlez de lui au passé ?

– Je... C'est-à-dire que... Oui, enfin, nous avions participé à des fouilles en Égypte ensemble, mais c'était il y a près de trente ans. Nous nous étions comme qui dirait perdus de vue, depuis...

– Et vous êtes sûr de n'avoir pas eu de nouvelles, récemment ?

– Non... En fait, si... J'imagine qu'il faut que je vous en parle. Nous nous sommes revus lundi. Pierre craignait que... »

Un coup de feu retentit, la fenêtre vole en éclats et Delaplace s'écroule à vos pieds, mort d'une balle en pleine tête...

Pistes à suivre :

- **L12** : Fouiller la bibliothèque d'Amaury Delaplace
- **L17** : Suivre les traces de l'assassin dans les rues du XIVe arrondissement
- **D04** : Constituer un dossier sur Amaury Delaplace
- **A01** : Dépêcher la police scientifique sur les lieux du crime

I-14

APPROFONDIR L'INTERROGATOIRE D'AUGUSTIN BOUSQUET

TEMPS CONSOMMÉ : 2 HEURES

Alors que vous émettez le souhait de prolonger l'interrogatoire, Augustin Bousquet vous foudroie de son regard bleu :

« Très bien… Quand avez-vous dit que le meurtre de ce Pierre Cuvier avait eu lieu ?

– C'était le mardi 12 février, dans la matinée.

– Eh bien, dans ce cas, vous serez ravi d'apprendre que j'ai un alibi imparable : je donnais un cours d'histoire à un groupe d'étudiants en licence, ici-même, à la Sorbonne ! Maintenant que tout cela est éclairci, je vais vous prier de cesser de m'importuner, inspecteur. Comme vous l'avez dit vous-même, je traverse une période assez compliquée comme cela avec le récent décès de mon père. Aussi, si vous avez d'autres questions, sachez que je n'y répondrai qu'en présence de mon avocat. »

Furieux, il quitte l'amphithéâtre, oubliant derrière lui son porte-documents de cuir brun.

Pistes à suivre :

- L11 : Vérifier l'alibi d'Augustin Bousquet à la Sorbonne
- A02 : Inspecter le porte-documents d'Augustin Bousquet

INTERROGER LUCIE DESCOMBES

TEMPS CONSOMMÉ : 2 HEURES

Vous retrouvez Lucie Descombes, la compagne de Pierre Cuvier, dans sa galerie d'art, rue de Seine. La jeune trentenaire fond en larmes quand vous lui apprenez la triste nouvelle…

« Je suis sincèrement désolé, madame, mais je vais devoir vous embêter avec quelques questions… Je partage votre peine, mais c'est important pour l'enquête. Aviez-vous noté une différence de comportement, ces derniers jours, chez monsieur Cuvier ?

– Oui… Pierre… Pierre était stressé, constamment nerveux, depuis une semaine. J'ai pensé que c'était cette exposition qui le travaillait. Cette intrusion dans son appartement, vendredi dernier, n'a pas arrangé les choses… Et ces coups de téléphone étranges qu'il recevait sans cesse au milieu de la nuit… Il avait même engagé les services d'un garde du corps, de l'agence More Secure World. Moi-même, j'ai reçu une lettre anonyme des plus étranges !

– Savez-vous si quelqu'un aurait pu lui en vouloir ?

– Non… Enfin, Pierre m'avait bien parlé de certaines rivalités professionnelles, au musée, mais de là à imaginer un meurtre… »

Pistes à suivre :

- **L16** : Se rendre chez More Secure World
- **D16** : Consulter le rapport de police sur l'intrusion au domicile de Pierre Cuvier
- **A07** : Faire analyser la lettre anonyme reçue par Lucie Descombes
- **A09** : Demander à Lucie Descombes de se soumettre à un prélèvement ADN

I-16

INTERROGER PAUL MICHAUX AU SUJET DE FABRICE BOUSQUET

TEMPS CONSOMMÉ : 1 HEURE

« J'ai cru comprendre que Fabrice Bousquet et vous-même étiez très proches...

– Oui, Fabrice était un ami d'enfance. Tout petits, sur les bancs de l'école, à Saint-Cloud, notre passion commune pour l'histoire et pour les arts nous avait rapprochés. Fabrice est décédé début février des suites d'un cancer foudroyant qui l'a emporté en moins d'un mois. Ça a été très dur pour tout le monde. Notamment pour sa femme, Florence, et pour son fils, Augustin...

– Que pouvez-vous m'apprendre à leur sujet ?

– Florence est une femme admirable. Fabrice et elle se sont rencontrés il y a une quinzaine d'années, et ils formaient un couple épanoui. Le fils de Fabrice, Augustin, est plus... inconstant. Il n'a jamais vraiment accepté de devoir grandir sans la présence de sa mère, décédée alors qu'il était bébé, et il a eu quelques ennuis avec la police pendant son adolescence. Fabrice m'avait donc demandé une faveur, il y a quelques années : trouver une place pour Augustin au sein de ces murs prestigieux, afin d'essayer de lui apporter un peu de stabilité. Augustin travaille aujourd'hui à la Sorbonne comme professeur d'histoire. »

Pistes à suivre :

- I04 : Interroger Florence Bousquet
- I17 : Interroger Augustin Bousquet
- D05 : Consulter le dossier de police sur Augustin Bousquet

I-17

INTERROGER AUGUSTIN BOUSQUET — **TEMPS CONSOMMÉ : 2 HEURES**

À la Sorbonne, vous retrouvez Augustin Bousquet, un trentenaire de près de deux mètres au regard pénétrant, juste avant l'un de ses cours en amphithéâtre.

« Je suis désolé de vous déranger alors que vous traversez une difficile épreuve avec le décès récent de votre père. J'ai néanmoins besoin de vous poser quelques questions, dans le cadre d'une enquête que je mène.

– Je vous en prie, inspecteur.

– Pour commencer, connaissiez-vous un certain Pierre Cuvier ?

– Ce nom me dit vaguement quelque chose... C'est très certainement mon père qui avait dû me parler de lui ? Oui, voilà, ça me revient... Ils avaient participé à des fouilles archéologiques ensemble, dans leur jeunesse, c'est bien cela ? Ceci mis à part, je crains de ne rien pouvoir vous dire de plus...

– Cuvier a été retrouvé assassiné, dans l'enceinte du Louvre, mardi. Peu après, Amaury Delaplace, une autre connaissance de votre père, a été tué à son tour... Avec votre père, cela fait trois morts, presque coup sur coup...

– C'est une bien triste nouvelle, en effet. On pourrait presque parler d'une malédiction... Mais, comme je vous l'ai dit, je ne suis au courant de rien dans cette affaire... »

Pistes à suivre :

- 114 : Approfondir l'interrogatoire d'Augustin Bousquet

CONSULTER LES ARCHIVES DE *DÉTECTIVE MAGAZINE* AU SUJET DE L'EXPÉDITION	TEMPS CONSOMMÉ : 2 HEURES

DÉTECTIVE MAGAZINE N° 329 JUIN 1991

Saqqarah, Égypte

Sur le haut plateau de Saqqarah, du petit matin jusqu'à la nuit tombée, une troupe d'archéologues emmenée par Pierre Cuvier (mandaté par le musée du Louvre) continue de creuser et de fouiller les catacombes de Khâemouaset, prince égyptien fils de Ramsès II, malgré la disparition soudaine et inexpliquée d'un des membres de leur équipe…

Depuis plusieurs jours, une jeune femme d'une vingtaine d'année nommée Viviane Allard reste en effet introuvable, au grand désespoir de son compagnon et de leur fils, âgé de moins de deux ans, qui participent également à l'expédition depuis bientôt près de quatre mois.

Pierre Cuvier, en charge de l'expédition, témoigne :

« Mlle Allard s'est volatilisée au lendemain d'une découverte majeure sur la chantier. Nous avons fouillé de fond en comble le campement, sans succès… »

« L'amulette devait rester en terre ! »

Cette disparition intervient en effet quelques heures à peine après que l'équipe a retrouvé l'amulette de Khâemouaset, une relique teintée de mystères et de légendes ayant appartenu au grand prince égyptien.

Une coïncidence des plus troublantes, qui n'a pas manqué de mettre en émoi toute l'équipe d'archéologues.

Pour le personnel local, en tout cas, le doute n'est pas permis : la disparition de la jeune femme est à imputer à la malédiction de Khâemouaset.

Notre reporter sur place a retrouvé certains des Égyptiens qui assistent les émissaires du musée du Louvre sur le chantier, et ils se sont tous montrés catégoriques : « L'amulette devait rester en terre ! Khâemouaset punit les pilleurs de tombes ! »

Alors que l'expédition doit s'achever dans quelques jours pour rapatrier ensuite les trésors découverts à Paris, la menace d'autres phénomènes inexpliqués continue de planer sur le haut plateau de Saqqarah…

*Philippe Potin,
pour Détective Magazine*

CONSULTER DES EXTRAITS DU CARNET « 1989 »

TEMPS CONSOMMÉ : 2 HEURES

EXTRAITS DU CARNET « 1989 » MÉMOIRES D'AMAURY DELAPLACE

P. 123

« 13/01/89. Hier, Fabrice Bousquet m'a passé un coup de fil. Un ami de longue date, que j'ai connu à Saint-Cloud. Fabrice connaît mon intérêt pour les arts, il m'a proposé de rejoindre une équipe pour des fouilles en Égypte. J'ai accepté. Départ prévu le 8 mars. Stress et excitation ! »

P. 191

« 12/04/89. Excellente ambiance dans l'équipe. Pierre Cuvier, à la tête de l'expédition, est un très bon manager. Je m'entends également parfaitement avec Fabrice et Viviane Allard, qui travaillent sur le chantier avec moi. En référence aux initiales de nos noms de famille, nous plaisantons régulièrement sur le fait que nous formons l'ABCD de l'archéologie ! »

P. 219

« 20/05/89. Nous avons fait aujourd'hui une découverte capitale : une stèle avec des hiéroglyphes qui pourrait livrer l'emplacement des catacombes de Khâemouaset. Grande excitation dans l'équipe ! »

P. 257

« 09/06/89. L'expédition touche à sa fin, quelle formidable expérience ! Fabrice s'est confié auprès de moi sur sa relation avec Viviane. Ces quelques mois ensemble les ont beaucoup rapprochés, ils envisagent de s'installer ensemble à leur retour en France. »

Piste à suivre :

- **D17** : Se renseigner sur Fabrice Bousquet

D-03

IDENTIFIER LE NUMÉRO 06.94.17.34.66

TEMPS CONSOMMÉ : 1 HEURE

Parmi les derniers appels passés par Pierre Cuvier, un numéro retient votre attention. Après de rapides démarches auprès du service compétent de la DRPJ, vous obtenez l'identité du propriétaire de la ligne.

LIGNE 06.94.17.34.66

- Opérateur Blueberry Telecom
- Forfait mobile 20 Go + option internationale
- Propriétaire de la ligne :
Amaury Delaplace
28 avenue de l'Observatoire
75014 Paris
- Ligne activée le 21/08/2009

Piste à suivre :

- I13 : Interroger Amaury Delaplace

D-04

CONSTITUER UN DOSSIER SUR AMAURY DELAPLACE	TEMPS CONSOMMÉ : 3 HEURES

Vous demandez à votre équipe de constituer un dossier complet sur la deuxième victime.

Après trois heures de recherches, vos hommes n'ont pas réussi à dénicher beaucoup d'informations… Il semble qu'Amaury Delaplace était quelqu'un pour le moins discret.

AMAURY DELAPLACE

Né le 30/10/1965 à Saint-Cloud (92).

Après des études littéraires, Delaplace participe à deux reprises à des fouilles en Égypte entre 1989 et 1991, supervisées par Pierre Cuvier (musée du Louvre).

De retour en France, il s'oriente vers une carrière de bibliothécaire. Il travaille pour différents musées (Orsay, Museum national d'histoire naturelle) et pour la ville de Paris.

En 2010, il rachète une librairie dans le XIVe arrondissement dans laquelle il travaille encore aujourd'hui.

RELATIONS CONNUES

Aucune relation sérieuse identifiée.
Pas d'enfants.

DOMICILE

28 avenue de l'Observatoire, Paris XIVe

D-05

CONSULTER LE DOSSIER DE POLICE SUR AUGUSTIN BOUSQUET

TEMPS CONSOMMÉ : 2 HEURES

AUGUSTIN BOUSQUET

Dossier mis à jour le 22/04/2018

Date de naissance : 19/02/1990
Lieu de naissance : Paris
Taille : 1,97 m   Poids : 84 kg
Yeux : bleu-gris   Cheveux : blonds

LIENS FAMILIAUX CONNUS :

- Père : Fabrice Bousquet
- Mère : Viviane Allard (décédée en 1991)
- Aucun enfant

CASIER JUDICIAIRE

- 14/08/2003 : verbalisé pour délit mineur (abris de bus vandalisés)
- 15/10/2004 : racket et trafics au collège
- 22/05/2008 : détention d'arme prohibée dans l'enceinte du lycée

EMPLOIS CONNUS

- Professeur à l'université de la Sorbonne à partir de 2014

INFORMATIONS COMPLÉMENTAIRES

Suivi par le Dr Cohen à l'hôpital de la Pitié-Salpêtrière pour troubles psychologiques.

Piste à suivre :

- L13 : Se rendre à la Pitié-Salpêtrière

Indice découvert :

- #05 : Empreintes d'Augustin Bousquet

D-06

RASSEMBLER DES INFORMATIONS SUR PIERRE CUVIER	TEMPS CONSOMMÉ : 3 HEURES

Vous chargez un jeune officier sous vos ordres de réunir le maximum d'informations sur la victime. À peine plus de deux heures plus tard, vous recevez une copie de son rapport par e-mail :

PIERRE CUVIER

Né le 23/05/1965 à Bourg-la-Reine (92).

Se passionne pour l'Égypte antique suite à une croisière sur le Nil avec ses parents à l'âge de 10 ans.

Études d'histoire de l'Art à la fac de Nanterre entre 1984 et 89. Élève brillant d'après ses professeurs. Thèse sur les fonctionnaires royaux sous Ramsès II.

Participe à des fouilles et chantiers en Égypte entre 1989 et 1993 (sous la direction du musée du Louvre).

Conservateur du musée du Louvre depuis 2005.

RELATIONS CONNUES

- Entre 2007 et 2010 : Élodie Gallois, responsable de collection au Louvre
- Depuis 2015 : Lucie Descombes, directrice de la galerie d'art Caillois, rue de Seine (Paris VIe)

Aucun enfant.

DOMICILE

12 rue de Lille, Paris VIe

Pistes à suivre :

- L15 : Se rendre au domicile de Pierre Cuvier
- I06 : Interroger Élodie Gallois
- I15 : Interroger Lucie Descombes

D-07

IDENTIFIER LE NUMÉRO 06.56.26.09.81	TEMPS CONSOMMÉ : 1 HEURE

Moyennant une petite heure de délai, vous recevez un message contenant toutes les informations souhaitées sur le numéro de téléphone repéré parmi les derniers appels reçus sur le portable de Pierre Cuvier.

LIGNE 06.56.26.09.81

- Opérateur Blueberry Telecom
- Forfait mobile Pro+ 100 Go
- Propriétaire de la ligne :
Cabinet de notaires Bellegarde & Fils
11 avenue Myron Herrick
75008 Paris
- Ligne activée le 12/05/2008

Piste à suivre :

- L09 : Se rendre au cabinet de notaires Bellegarde & Fils

D-08

CONSULTER LES CARNETS D'AMAURY DELAPLACE	TEMPS CONSOMMÉ : 1 HEURE

Les carnets retrouvés dans la bibliothèque se révèlent être les mémoires d'Amaury Delaplace. Entre journal intime et autobiographie, ces petits cahiers écrits à main retracent la majeure partie de son existence.

Il vous faudrait des heures pour tout parcourir, mais vous pourriez charger certains de vos hommes de sélectionner pour vous les passages les plus intéressants de certains chapitres, notamment ceux des expéditions de 1989 et 1991.

Pistes à suivre :

- **D02** : Consulter des extraits du carnet « 1989 »
- **D12** : Consulter des extraits du carnet « 1991 »

Indice découvert :

- **#15** : Échantillon d'écriture d'Amaury Delaplace

D-09

CONSULTER LE COMPTE-RENDU DE L'EXPÉDITION DE 1989	TEMPS CONSOMMÉ : 1 HEURE

MUSÉE DU LOUVRE - FOUILLES EN ÉGYPTE (1989)
SYNTHÈSE DE L'EXPÉDITION

DATES

- Mars à juin 1989

LIEU

- Plateau de Saqqarah, Basse-Égypte

ÉQUIPE

- Personne en charge du chantier : Pierre Cuvier
- Autres membres de l'équipe : Delaplace / Bousquet / Allard

FAITS MARQUANTS ET DÉCOUVERTES

- 20/05/1989 : Découverte d'une stèle dont les inscriptions permettent la localisation de catacombes jusque-là inconnues (nouvelle expédition programmée en 1991)

D-10

CONSULTER L'AGENDA DE PIERRE CUVIER	TEMPS CONSOMMÉ : 1 HEURE

Après avoir épluché l'agenda de Pierre Cuvier, les deux derniers jours de la vie de la victime retiennent tout particulièrement votre attention

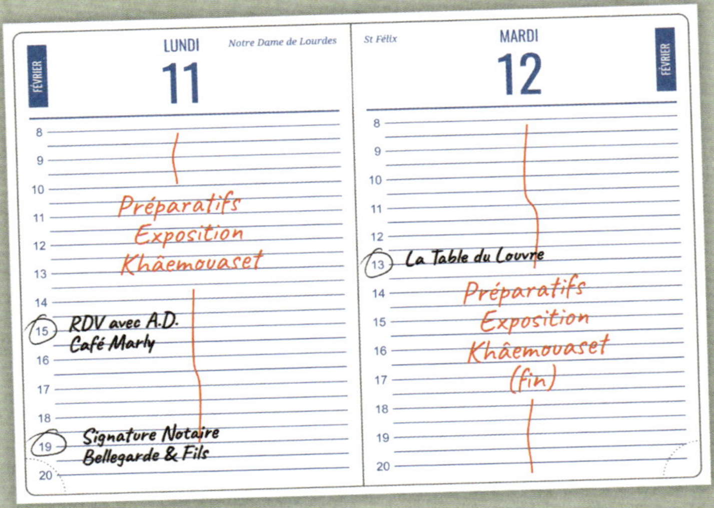

Pistes à suivre :

- **L04** : Se rendre à La Table du Louvre
- **L09** : Se rendre au cabinet de notaires Bellegarde & Fils
- **L14** : Se rendre au Café Marly

Indice découvert :

- **#01** : Échantillon d'écriture de Pierre Cuvier

D-11

CONSULTER LE DOSSIER MÉDICAL D'AUGUSTIN BOUSQUET

TEMPS CONSOMMÉ : 2 HEURES

AUGUSTIN BOUSQUET NÉ LE 19/02/1990

Père : Fabrice Bousquet
Mère : Viviane Allard (décédée en 1991)

ADMISSIONS À L'HÔPITAL

Pitié-Salpêtrière : 05/03/2011, 12/09/2011, 06/09/2012
Suivi par le Dr Cohen.

SYMPTÔMES

- Troubles anxio-dépressifs variés : peurs diverses, angoisse latente, pensées suicidaires.
- Troubles de l'alimentation et du sommeil.

DIAGNOSTIC

Psychose maniaco-dépressive légère aggravée par l'absence de figure maternelle.

TRAITEMENT

Thymorégulateurs.

ÉCHANTILLONS JOINTS AU DOSSIER

- ADN (prise de sang réalisée le 05/03/2011)

Indice découvert :

- ***#11*** : ADN d'Augustin Bousquet

D-12

CONSULTER DES EXTRAITS DU CARNET « 1991 »	TEMPS CONSOMMÉ : 2 HEURES

EXTRAITS DU CARNET « 1991 »
MÉMOIRES D'AMAURY DELAPLACE

P. 123 :

« 19/02/91 : À quelques semaines de notre nouveau départ en Égypte, Fabrice et Viviane m'ont invité chez eux, au premier anniversaire de leur fils. Tellement heureux de les voir aussi épanouis tous les trois. »

P. 179 :

« 05/04/91 : En route pour cette deuxième expédition ! Pressé d'être sur place ! »

P. 208 :

« 28/05/91 : Jour historique ! Viviane a découvert cet après-midi l'amulette de Khâemouaset ! »

P. 213 :

« 29/05/91 : J'ai entendu une violente dispute éclater dans la chambre d'à côté entre Fabrice et Pierre. Je préfère ne pas m'en mêler même si j'ai ma petite idée sur la cause des tensions. »

P. 217 :

« 30/05/91 : Viviane reste introuvable depuis plus de 24 heures. Le climat ici est extrêmement tendu. Les locaux qui nous assistent dans les fouilles pensent que Viviane a été victime de la malédiction de Khâemouaset. Pierre souhaite maintenir malgré tout la conférence de presse dévoilant la découverte de l'amulette. »

P. 251 :

« 12/06/91 : Fabrice quitte l'expédition et rentre à Paris avec son fils. Les chances de retrouver Viviane sont désormais pratiquement nulles. »

D-13

CONSULTER LE CATALOGUE DE L'EXPOSITION

TEMPS CONSOMMÉ : 1 HEURE

LES TRÉSORS DE KHÂEMOUASET

Fig. 1 Amulette de Khâemouaset

Fig. 2 Dague de Khâemouaset

Fig. 3 Sarcophage de Khâemouaset

Pour la première fois, les plus grands trésors du prince Khâemouaset seront présentés au public, dans le cadre d'une exposition qui se tiendra du 20 février au 29 avril 2019, au musée du Louvre, sous la direction de Pierre Cuvier, conservateur principal du département des Antiquités égyptiennes.

Parmi les merveilles attribuées au fils de Ramsès II, surnommé le « Prince archéologue », les visiteurs pourront notamment admirer le poignard en cuivre avec pommeau ornemental (22,6 cm), ainsi que la dague en étain et or à tête de faucon, magnifique arme d'apparat longue de 29,4 cm.

Véritable pièce maîtresse de cette exposition, l'amulette princière, une croix « ankh » en marbre vert aux propriétés prétendument magiques, fut découverte en 1991 par Pierre Cuvier lors de fouilles à Saqqarah.

Pistes à suivre :

- **A04** : Faire analyser le poignard en cuivre par le laboratoire
- **A08** : Faire analyser la dague en étain par le laboratoire
- **A13** : Faire analyser l'amulette par le laboratoire

D-14

IDENTIFIER LE NUMÉRO 06.18.21.57.93	TEMPS CONSOMMÉ : 1 HEURE

Les registres de clients des opérateurs téléphoniques vous permettent d'identifier rapidement le propriétaire du 06.18.21.57.93, un numéro fréquemment composé par Pierre Cuvier au cours des derniers jours qui ont précédé son assassinat.

LIGNE 06.18.21.57.93

- Opérateur Giga Telecom
- Forfait mobile Pro XXL
- Propriétaire de la ligne :
More Secure World
4 boulevard des Capucines
75009 Paris
- Ligne activée le 17/12/2015

Vous vous renseignez rapidement sur More Secure World, une entreprise de sécurité qui propose des prestations de garde rapprochée. Ainsi, Pierre Cuvier s'était alloué les services d'un garde du corps...

Piste à suivre :

- 116 : Se rendre chez More Secure World

D-15

CONSULTER LE COMPTE-RENDU DE L'EXPÉDITION DE 1991

TEMPS CONSOMMÉ : 1 HEURE

MUSÉE DU LOUVRE - FOUILLES EN ÉGYPTE (1991)
SYNTHÈSE DE L'EXPÉDITION

DATES

- Avril à juin 1991

LIEU

- Plateau de Saqqarah, Basse-Égypte

ÉQUIPE

- Personne en charge du chantier : Pierre Cuvier
- Autres membres de l'équipe : Delaplace / Bousquet / Allard

FAITS MARQUANTS ET DÉCOUVERTES

- 19/04/1991 : Localisation d'une entrée des catacombes
- 28/05/1991 : Découverte de l'amulette de Khâemouaset par Allard
- 30/05/1991 : Disparition d'Allard
- 12/06/1991 : Démission de Bousquet

D-16

CONSULTER LE RAPPORT DE POLICE SUR L'INTRUSION AU DOMICILE DE PIERRE CUVIER

TEMPS CONSOMMÉ : 2 HEURES

TENTATIVE DE CAMBRIOLAGE AU DOMICILE DE PIERRE CUVIER 07/02/2019

DESCRIPTION DES FAITS

Le commissariat central de police du VIIe arrondissement de Paris a été appelé par monsieur Pierre Cuvier, le jeudi 7 février 2019 à 23 h 04, pour signaler une possible tentative d'intrusion dans son appartement situé au 12, rue de Lille, Paris VIIe (1er étage, porte gauche).

Arrivés sur place, les officiers Duval et Khouyi ont rapidement sécurisé les lieux en s'assurant qu'aucun individu n'était présent dans l'appartement.

Une marque d'effraction a été relevée sur le chambranle d'une fenêtre donnant sur la rue.

CONCLUSIONS DE L'ENQUÊTE

Un cambrioleur a certainement tenté de pénétrer dans l'appartement par la fenêtre, mais a sans doute été dérangé et s'est immédiatement enfui.

En effet, après un état des lieux minutieux du propriétaire, aucun objet de valeur n'a été dérobé. Monsieur Cuvier a simplement déclaré ne plus retrouver sa brosse à dents, mais les officiers de PJ ont mis ce fait sur le compte de l'extrême nervosité du propriétaire.

Les officiers présents sur place ont conseillé à monsieur Cuvier l'installation d'un système de télésurveillance.

Un renforcement des patrouilles de police est prévu dans le secteur.

SE RENSEIGNER SUR FABRICE BOUSQUET	TEMPS CONSOMMÉ : 2 HEURES

Vous avez besoin de renforts pour récolter le maximum d'informations sur Fabrice Bousquet. Vous mettez donc deux officiers sur le coup, qui enchaînent les coups de téléphone et vous remettent leur rapport deux heures plus tard :

FABRICE BOUSQUET

Né le 14/11/1964 à Saint-Cloud (92).
Décédé le 03/02/2019 à Paris d'un cancer (confirmé de source sûre par le Dr. Leroux, cancérologue de l'hôpital Lariboisière).
Bousquet étudie l'histoire de l'art à la fac de Nanterre entre 1983 et 1989. À cette occasion, il rencontre Pierre Cuvier, qui l'invite à participer avec lui à des fouilles en Égypte pour le compte du musée du Louvre. Bousquet propose à Cuvier l'aide d'un vieil ami d'enfance qui s'intéresse également à l'art : Amaury Delaplace. Deux expéditions auront lieu en 1989 et 1991.
Bousquet devient professeur d'histoire de l'art à la Sorbonne à partir de 1997.

RELATIONS CONNUES

- De 1989 à 1991 : Viviane Allard. Fabrice Bousquet et Viviane Allard se rencontrent au cours des fouilles en Égypte et ont un enfant ensemble en 1990 : Augustin Bousquet. Viviane Allard disparaît en Égypte en 1991 au cours de la seconde expédition.
- Depuis 2005 : Florence Bousquet, née Weber. Florence Weber et Fabrice Bousquet se marient en 2010.

DOMICILE

4, rue de l'Abreuvoir, Paris XVIIIe

Pistes à suivre :

- 104 : Interroger Florence Bousquet
- 117 : Interroger Augustin Bousquet

D-18

FEUILLETER L'ÉPHÉMÉRIDE	TEMPS CONSOMMÉ : 1 HEURE

Vous feuilletez rapidement les dernières pages du bloc éphéméride posé sur le bureau d'Amaury Delaplace. La plupart des pages sont désespérément vides, témoignage d'une vie sociale peu trépidante, mais un événement récent, souligné de trois traits de crayon rouge, retient votre attention...

Piste à suivre :

- L05 : Se rendre au cimetière du Père-Lachaise

Indice découvert :

- #15 : Échantillon d'écriture d'Amaury Delaplace

D-19

IDENTIFIER LE NUMÉRO 01.58.74.00.00	TEMPS CONSOMMÉ : 1 HEURE

Vous obtenez en moins d'une heure l'ensemble des informations relatives au numéro de téléphone qui figure parmi les derniers appels passés par Pierre Cuvier.

LIGNE 01.58.74.00.00

- Ligne fixe ouverte en 1987 au nom de la compagnie aérienne Air Azur
- Adresse :
Agence Air Azur Paris 6
121 rue de Rennes
75006 PARIS
- Caractéristiques techniques de la ligne :
DSLAM lit75-2 ligne 3 / 2 / 9 (3)

Piste à suivre :

- L18 : Se rendre à l'agence Air Azur

D-20

DEMANDER LA LISTE DES DERNIERS APPELS ENTRANTS ET SORTANTS	TEMPS CONSOMMÉ : 2 HEURES

LIGNE BLUEBERRY TELECOM N° 06.43.32.11.00
APPELS ENTRANTS ET SORTANTS

DATE ET HEURE	TYPE D'APPEL	DURÉE	NUMÉRO
10/02/2019 03h21	Entrant	3 s	07.22.41.38.05
10/02/2019 12h49	Sortant	15 s	06.18.21.57.93
10/02/2019 14h18	Sortant	12 s	06.18.21.57.93
10/20/2019 16h24	Sortant	24 min 37 s	06.94.17.34.66
11/02/2019 02h56	Entrant	4 s	07.22.41.38.05
11/02/2019 10h23	Entrant	3 min 24 s	06.56.26.09.81
11/02/2019 14h57	Sortant	11 s	06.18.21.57.93
11/02/2019 15h32	Sortant	14 s	06.18.21.57.93
11/02/2019 16h50	Sortant	6 min 12 s	01.58.74.00.00
11/02/2019 18h23	Sortant	17 s	06.18.21.57.93
10/02/2019 04h02	Entrant	4 s	07.22.41.38.05
12/02/2019 08h25	Sortant	12 s	06.18.21.57.93

Pistes à suivre :

- **D03** : Identifier le numéro 06.94.17.34.66
- **D07** : Identifier le numéro 06.56.26.09.81
- **D14** : Identifier le numéro 06.18.21.57.93
- **D19** : Identifier le numéro 01.58.74.00.00
- **D22** : Identifier le numéro 07.22.41.38.05

CONSULTER LE COMPTE-RENDU DE L'EXPÉDITION DE 1993	TEMPS CONSOMMÉ : 1 HEURE

MUSÉE DU LOUVRE - FOUILLES EN ÉGYPTE (1993) SYNTHÈSE DE L'EXPÉDITION

DATES

- Février à juin 1993

LIEU

- Plateau de Saqqarah, Basse-Égypte

ÉQUIPE

- Personne en charge du chantier : Pierre Cuvier
- Autres membres de l'équipe : Coquelin / Chevalier / Blanchard

FAITS MARQUANTS ET DÉCOUVERTES

- Découverte de la dague de Khâemouaset le 03/03/1993
- Découverte du poignard en cuivre le 08/04/1993

D-22

IDENTIFIER LE NUMÉRO 07.22.41.38.05	TEMPS CONSOMMÉ : 1 HEURE

Vous interrogez les registres des opérateurs téléphoniques pour identifier le propriétaire de la ligne en question. Le résultat de votre requête vous est transmis par message directement sur votre portable.

LIGNE 07.22.41.38.05

- Opérateur Hop Telecom
- Carte SIM prépayée sans abonnement (achat possible en grandes surfaces, sans pièce d'identité)
- Ligne activée le 07/02/2019 à 10h05

D-23

CONSULTER LE REGISTRE DES ENTRÉES ET SORTIES

TEMPS CONSOMMÉ : 2 HEURES

CONFIDENTIEL / PROPRIÉTÉ DU MUSÉE DU LOUVRE
REGISTRE DES ENTRÉES ET SORTIES - 12/02/2019

HEURE	ACCÈS	ENTRÉE OU SORTIE	BADGE
8h27	Entrée principale	Entrée	Gallois, Elodie
9h04	Porte des Lions	Entrée	Cuvier, Pierre
9h18	Passage Richelieu	Entrée	Delafosse, Joël
10h36	Entrée principale	Sortie	Gallois, Elodie
10h45	Passage Richelieu	Entrée	Pomeroy, Mathis
11h42	Passage Richelieu	Sortie	Cuvier, Pierre
11h43	Passage Richelieu	Sortie	Delafosse, Joël
15h07	Entrée principale	Sortie	Pomeroy, Mathis

Pistes à suivre :

- **I01** : Interroger Mathis Pomeroy
- **I06** : Interroger Élodie Gallois
- **I10** : Interroger Joël Delafosse

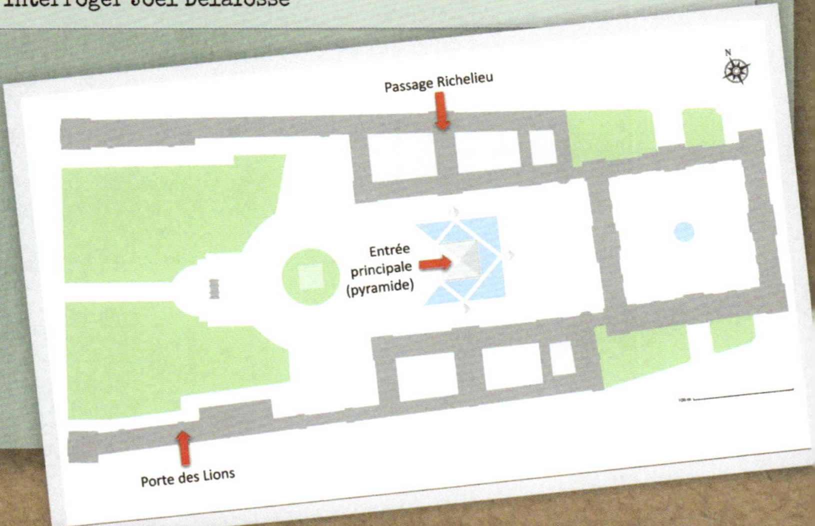

D-24

LIRE L'E-MAIL « NÉFERTITI »	TEMPS CONSOMMÉ : 1 HEURE

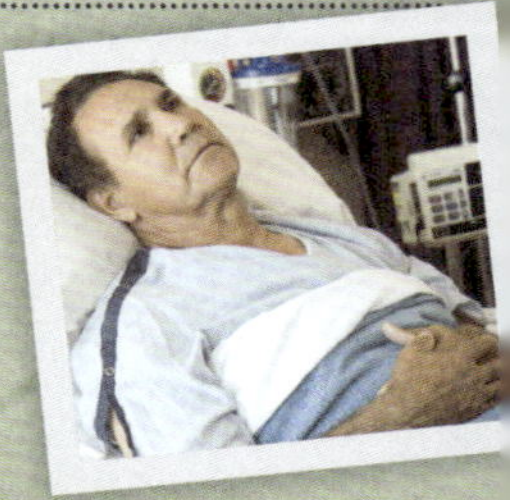

OBJET : NÉFERTITI
DE : FABRICE BOUSQUET [fbousquet@hoptelecom.fr]
À : AUGUSTIN BOUSQUET [a.bousquet@univ-sorbonne.fr]
2 FÉVR. 2019 18:17

Mon très cher fils,

Alors que je sens mes dernières forces m'abandonner sur ce lit d'hôpital, je dois t'apporter les réponses que tu es en droit d'attendre concernant la disparition de ta mère Viviane. Ma Néfertiti, comme je l'appelais.

Je t'ai déjà parlé de ces fouilles en Égypte, au printemps 1991. Tu avais à peine un an, et nous t'avions emmené avec nous.

Un soir, alors que je rentrais du chantier encore tout euphorique en raison de nos récentes découvertes (ta mère venait de découvrir l'amulette de Khâemouaset), j'ai surpris Viviane et Pierre Cuvier, au lit, ensemble. Mon sang n'a fait qu'un tour. Une violente dispute a éclaté. Ta mère a cherché à nous séparer. Elle s'est interposée entre Pierre et moi et a pris un coup, que je destinais à Pierre. En tombant, sa tête a heurté un coin de la table basse. Viviane gisait inconsciente sur le sol, sans doute déjà morte.

J'ai voulu la transporter à l'hôpital, mais Pierre n'a rien voulu entendre. Une conférence sur la découverte de l'amulette était prévue le lendemain et il ne souhaitait pas qu'un tel incident vienne entacher l'expédition. Il a menacé de m'accuser du meurtre si je parlais.

L'esprit embrumé, inquiet de ce qu'il pourrait t'arriver si j'étais reconnu coupable de la mort de Viviane, j'ai scellé ce soir-là un pacte avec le Diable...

Nous avons caché le corps sans vie dans le désert. Pierre s'est servi de cette histoire de malédiction pour justifier la disparition de ta mère, et, comble de l'ironie, pour donner un retentissement médiatique supplémentaire à l'expédition. Amaury Delaplace, le quatrième membre de l'expédition, a tout bonnement fermé les yeux, prétendant ne pas avoir la moindre idée sur ce qu'il s'était passé.

Tu sais tout, désormais. Je ne pouvais pas quitter ce monde avec ce poids sur la conscience. Je suis responsable de la mort de ta mère Viviane. Je ne me le suis jamais pardonné. J'espère que, pour ta part, tu parviendras à me pardonner un jour...

Ton père Fabrice, qui t'aime.

DÉPÊCHER LA POLICE SCIENTIFIQUE SUR LES LIEUX DU SECOND CRIME	TEMPS CONSOMMÉ : 4 HEURES

Vous dépêchez la police scientifique sur les lieux du crime. Les experts examinent l'appartement d'Amaury Delaplace dans les moindres détails, sans parvenir à y trouver quoi que ce soit de probant. Une existence monacale au milieu des vieux livres...

Sur le mégot d'un cigare de la victime, un officier prélève l'ADN d'Amaury Delaplace et le consigne au dossier de l'affaire.

L'autopsie ne révélera rien de vraiment plus intéressant. La cause de la mort est évidemment la blessure par balle (calibre 8 mm), qui a traversé la boîte crânienne (projectile retrouvé dans le plafond de la pièce, attestant que la balle a été tirée en contrebas depuis la rue).

Indice découvert :

- **#17** : Échantillon d'ADN d'Amaury Delaplace

A-02

INSPECTER LE PORTE-DOCUMENTS D'AUGUSTIN BOUSQUET	TEMPS CONSOMMÉ : 2 HEURES

Avec l'autorisation du juge d'instruction, vous faites analyser le contenu du porte-documents, qui s'avère ne contenir que quelques stylos, un ordinateur portable et des notes de cours d'histoire.

Les experts profitent de ces feuillets manuscrits pour établir le profil graphologique d'Augustin Bousquet.

Piste à suivre :

- A16 : Faire analyser l'ordinateur d'Augustin Bousquet

Indice découvert :

- **#07** : Échantillon d'écriture d'Augustin Bousquet

A-03

CONSULTER LE RAPPORT D'AUTOPSIE | TEMPS CONSOMMÉ : 2 HEURES

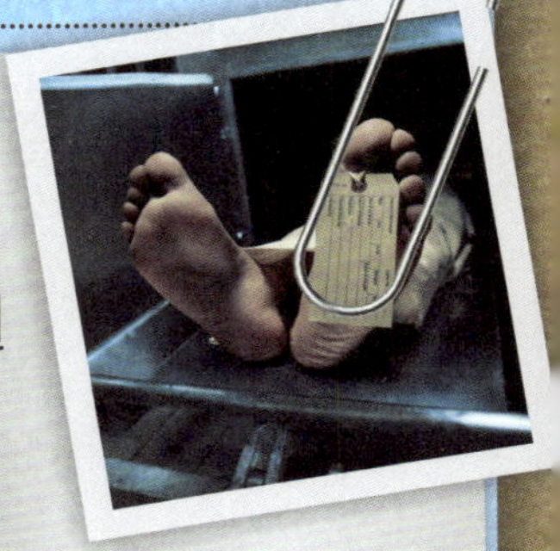

RAPPORT D'AUTOPSIE
PIERRE CUVIER
OPJ EN CHARGE : INSPECTEUR LEJARDIN

RAPPORT PRÉLIMINAIRE

- La victime est un homme blanc, âgé d'environ 55 ans.
- 1,92 m, 77 kg. De corpulence mince. Cheveux gris. Yeux bleu-gris.
- Aucune trace de poison, d'opiacés ou de narcotiques.

CAUSE DE LA MORT

- L'autopsie révèle 6 plaies aux contours réguliers à la face antérieure du cou : 4 plaies pénétrantes et 2 incisions superficielles.
- Taille de la lame compte tenu des blessures : 15 à 18 cm.
- La cause de la mort est une hémorragie massive due à la perforation des artères carotides par ces plaies à l'arme blanche.
- Le profil et l'angle des plaies laissent à penser que l'assassin est droitier.
- Des fragments de peau ont été retrouvés sous les ongles de la victime. Il est probable que la victime soit parvenue à blesser son assaillant.
- Le corps n'a pas été déplacé.

HEURE DU DÉCÈS

- Compte tenu de la température du corps lors de sa découverte, l'heure du décès est estimée entre 11 h 15 et 11 h 45, le 12 février 2019.

Indices découverts :

- **#02** : Échantillon d'ADN retrouvé sous les ongles de la victime
- **#04** : ADN de Pierre Cuvier

A-04

FAIRE ANALYSER LE POIGNARD EN CUIVRE PAR LE LABORATOIRE	TEMPS CONSOMMÉ : 3 HEURES

PIÈCE À CONVICTION N° 20190200419
AFFAIRE DU MEURTRE DE PIERRE CUVIER
OPJ EN CHARGE : INSPECTEUR LEJARDIN

La pièce à conviction est une arme en cuivre avec un pommeau stylisé, ornée de décorations en électrum.

La lame est très peu affûtée et abîmée. D'après les experts contactés, il est probable que le poignard ait davantage servi en tant qu'objet de cérémonie que véritable arme.

D'après les premières analyses au carbone 14, l'arme aurait été forgée vers -1300 avant J.-C.

Longueur totale de l'arme : 22,6 cm

Longueur de la lame : 10,4 cm

Poids : 358 g

L'analyse approfondie du poignard n'a pas permis de relever la moindre empreinte digitale.

Les tests au luminol et Polilight se sont révélés négatifs.

A-05

FAIRE ANALYSER L'ENVELOPPE PAR LE LABORATOIRE	TEMPS CONSOMMÉ : 3 HEURES

Vous transmettez au laboratoire l'enveloppe qui contenait le message en hiéroglyphes retrouvé chez Pierre Cuvier.

Au bout de quelques heures, vous recevez le rapport de l'analyse :

PIÈCE À CONVICTION N° 20190200125
AFFAIRE DU MEURTRE DE PIERRE CUVIER
OPJ EN CHARGE : INSPECTEUR LEJARDIN

La pièce à conviction est une enveloppe blanche, format standard (110 x 220 mm).

L'adresse sur l'enveloppe a été écrite à la main avec un stylo à plume : encre noire de composition classique (noir d'aniline), trouvable facilement dans le commerce.

L'écriture pourra être utilisée à des fins de comparaison avec d'autres échantillons (même si l'auteur semble avoir tenté de masquer son écriture).

Des traces de salive ont également pu être prélevées sur le rabat de l'enveloppe (échantillon ADN consigné au dossier).

Indices découverts :

- **#10 :** ADN (salive) prélevé sur l'enveloppe
- **#16 :** Échantillon d'écriture sur l'enveloppe

A-06

PROPOSER À MATHIS POMEROY DE SE SOUMETTRE À UN PRÉLÈVEMENT ADN	TEMPS CONSOMMÉ : 3 HEURES

Vous souhaitez que Mathis Pomeroy se soumette à un prélèvement ADN, mais le conservateur du département des antiquités orientales se montre pour le moins réticent…

« Je ne suis pas certain de bien comprendre… Dans quel cadre ce prélèvement sera-t-il utilisé ?

— Dans le cadre de l'enquête uniquement. Vos empreintes génétiques seront effacées du fichier à l'issue de l'instruction.

— Je… Je souhaite en discuter au préalable avec mon avocat ! »

Maître Baccarin, finalement joint par téléphone après plusieurs tentatives, confirme à son client la nécessité légale de se soumettre au test.

Au laboratoire de la police scientifique, quai de l'Horloge, dans le Ier arrondissement, un officier procède une heure plus tard au prélèvement d'un échantillon d'ADN de Mathis Pomeroy par frottis buccal.

Indice découvert :

- **#12 :** Prélèvement ADN de Mathis Pomeroy

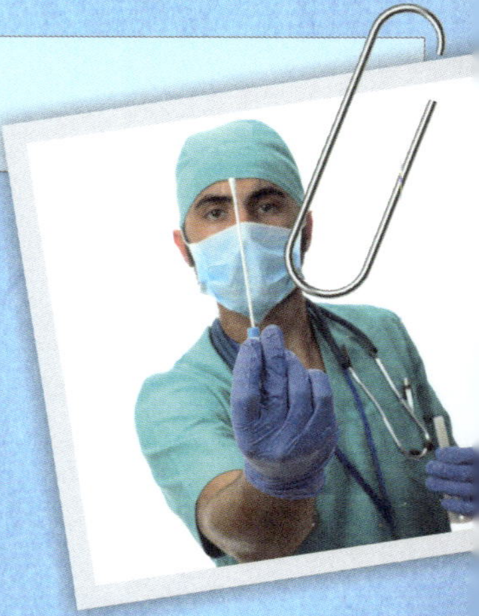

A-07

FAIRE ANALYSER LA LETTRE ANONYME REÇUE PAR LUCIE DESCOMBES	TEMPS CONSOMMÉ : 3 HEURES

Lucie Descombes vous confie la lettre anonyme qu'elle a reçue il y a plusieurs jours, et vous la faites suivre immédiatement au laboratoire pour analyse.

Au bout de quelques heures, vous recevez le rapport sur votre boîte mail :

PIÈCE À CONVICTION N° 20190200299
AFFAIRE DU MEURTRE DE PIERRE CUVIER
OPJ EN CHARGE : INSPECTEUR LEJARDIN

La pièce à conviction est une lettre anonyme reçue par Lucie Descombes, la compagne de la victime.

Le texte de la lettre a été écrit en majuscules au stylo-bille bleu :

> MÉFIEZ-VOUS DE PIERRE CUVIER.
> IL VOUS CACHE DES CHOSES.

L'écriture pourra être utilisée à des fins de comparaison avec d'autres échantillons.

Aucune empreinte n'a été relevée sur la lettre ou sur l'enveloppe.

Indice découvert :

- **#19** : Échantillon d'écriture sur la lettre anonyme reçue par Lucie Descombes

A-08

FAIRE ANALYSER LA DAGUE EN ÉTAIN PAR LE LABORATOIRE	TEMPS CONSOMMÉ : 3 HEURES

PIÈCE À CONVICTION N° 20190200291
AFFAIRE DU MEURTRE DE PIERRE CUVIER
OPJ EN CHARGE : INSPECTEUR LEJARDIN

La pièce à conviction est une dague en étain et or avec un pommeau en tête de faucon, dite « dague de Khâemouaset ».

D'après les premières analyses au carbone 14, cette arme aurait été forgée vers -1250 avant J.-C.

Longueur totale de la dague : 29,4 cm

Longueur de la lame : 17,2 cm

Poids : 352 g

L'analyse approfondie de la dague n'a pas permis de relever la moindre empreinte digitale.

Toutefois, les tests au luminol et Polilight se sont révélés positifs. Des traces de sang ont ainsi été identifiées sur la lame (échantillon ADN consigné au dossier).

Indice découvert :

- **#14** : ADN (sang) retrouvé sur la lame de la dague

DEMANDER À LUCIE DESCOMBES DE SE SOUMETTRE À UN PRÉLÈVEMENT ADN	TEMPS CONSOMMÉ : 2 HEURES

Vous suggérez à Lucie Descombes d'accepter de se soumettre à un prélèvement ADN :

« Soyez sans crainte, madame Descombes, le prélèvement est totalement indolore. Un technicien du laboratoire va simplement frotter l'intérieur de votre joue avec un petit bâtonnet. Cela prendra quelques minutes à peine.

— Et bien, soit… Si vous pensez que cela peut permettre de m'éliminer de la liste des suspects… Après tout, je n'ai rien à cacher ! »

Indice découvert :

- **#06 :** Prélèvement ADN de Lucie Descombes

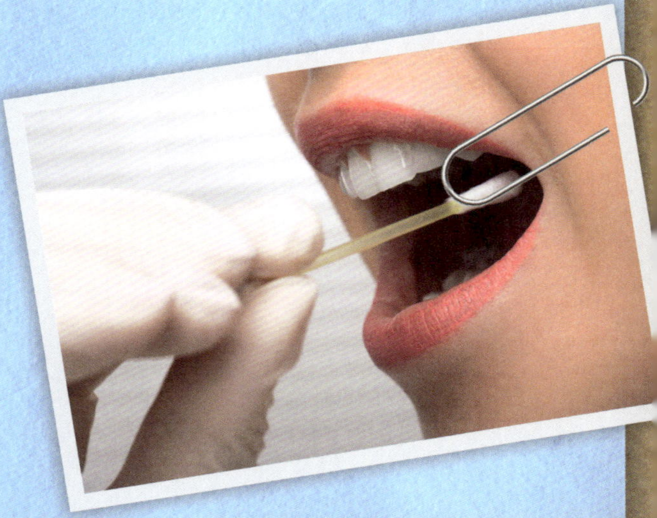

A-10

EXAMINER LES EFFETS PERSONNELS DE LA VICTIME	TEMPS CONSOMMÉ : 2 HEURES

Vous vous rendez au laboratoire pour passer en revue les effets personnels retrouvés sur le corps de Pierre Cuvier.

Le compte-rendu dresse l'inventaire suivant :

AFFAIRE DU MEURTRE DE PIERRE CUVIER
12/02/2019
OPJ EN CHARGE : INSPECTEUR LEJARDIN

- Agenda 2018-2019, couverture de couleur noire en cuir souple
- Stylo, métal chromé, plume or
- Portefeuille contenant environ 45 € en liquide, 2 cartes bleues, carte d'identité
- Téléphone portable (carte SIM correspondant à la ligne 06.43.32.11.00, titulaire : Pierre Cuvier, opérateur : Blueberry Telecom) : endommagé suite à la chute du corps, hors de fonction

Pistes à suivre :

- **D10** : Consulter l'agenda de Pierre Cuvier
- **D20** : Demander la liste des derniers appels entrants et sortants

A-11

FAIRE ANALYSER LE COUPE-PAPIER	TEMPS CONSOMMÉ : 2 HEURES

PIÈCE À CONVICTION N° 20190200273
AFFAIRE DU MEURTRE DE PIERRE CUVIER
OPJ EN CHARGE : INSPECTEUR LEJARDIN

La pièce à conviction est un coupe-papier d'origine ancienne (est. XIXe siècle) au manche en bois de camphrier et à la lame d'argent. Le manche est gravé de symboles (probablement un alphabet phénicien, à confirmer par un expert si nécessaire).

Longueur totale du coupe-papier : 24 cm

Longueur de la lame : 15,3 cm

Poids : 198 g

L'analyse approfondie du coupe-papier a révélé la présence d'empreintes, vraisemblablement celles du propriétaire de l'objet, consignées au dossier de l'affaire.

Les tests au luminol et Polilight sont négatifs : aucune trace de sang décelée sur le coupe-papier.

Indice découvert :

- **#03 :** Empreintes retrouvées sur le coupe-papier

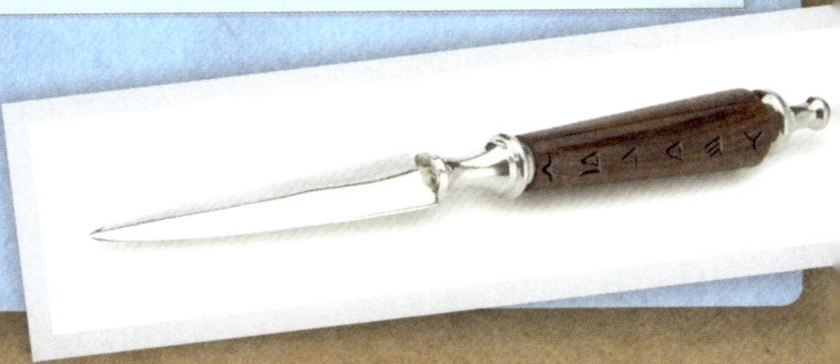

FAIRE ANALYSER LES RÉSULTATS DU TEST DE PATERNITÉ	TEMPS CONSOMMÉ : 2 HEURES

Vous vous faites assister d'un expert du laboratoire de police scientifique pour être certain de bien comprendre les résultats du test.

D'après lui, pas de doute, il y a bien une relation de paternité entre les individus correspondant aux ADN testés.

TEST ADN DE PATERNITÉ DOSSIER TPA-201902012

NATURE DES PRÉLÈVEMENTS

- ADN n° 1 : prélèvement nasopharyngé réalisé au laboratoire
- ADN n° 2 : extrait d'une brosse à dents

ÉNONCÉ DES RÉSULTATS

Selon l'analyse des loci STR (comparaison de marqueurs génétiques), la probabilité de paternité est de 99,9997%.

Indices découverts :

- **#08** : Échantillon d'ADN n° 1 testé par le laboratoire
- **#18** : Échantillon d'ADN n° 2 testé par le laboratoire

FAIRE ANALYSER L'AMULETTE PAR LE LABORATOIRE	TEMPS CONSOMMÉ : 3 HEURES

PIÈCE À CONVICTION N° 20190200409
AFFAIRE DU MEURTRE DE PIERRE CUVIER
OPJ EN CHARGE : INSPECTEUR LEJARDIN

La pièce à conviction est une amulette en terre cuite, ornée de hiéroglyphes.

Dimensions : 8 cm x 5,8 cm

Poids : 112 g

D'après les analyses au carbone 14, l'objet serait de fabrication tout à fait récente.

L'analyse approfondie de l'amulette n'a pas permis de relever la moindre empreinte digitale.

Les tests au luminol et Polilight se sont révélés négatifs.

DEMANDER UNE EXPERTISE DE L'ÉCRITURE DE MATHIS POMEROY	TEMPS CONSOMMÉ : 2 HEURES

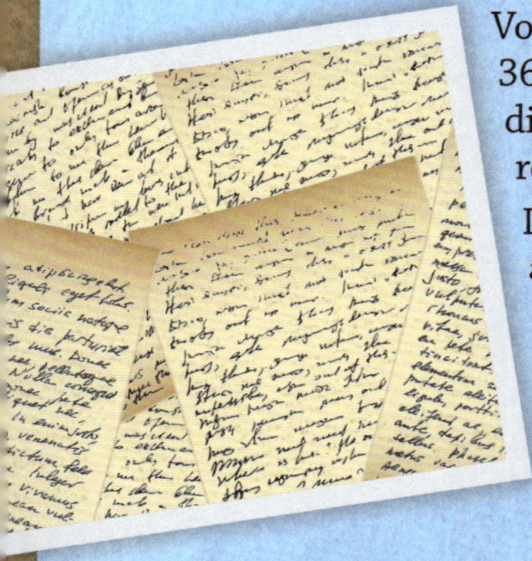

Vous convoquez un expert en écritures au 36, à la brigade criminelle, pour lui montrer divers documents rédigés par Mathis Pomeroy et retrouvés dans son bureau.

Le graphologue, penché sur les feuilles, analyse les écrits à la loupe pendant de longues minutes :

« Parfait, ces échantillons sont de qualité largement suffisante. Si vous disposez d'une autre source, je devrais être en mesure de comparer les écritures ! »

Indice découvert :

- **#09** : Échantillon d'écriture de Mathis Pomeroy

A-15

FAIRE ANALYSER LE TÉLÉPHONE PORTABLE	TEMPS CONSOMMÉ : 2 HEURES

PIÈCE À CONVICTION N° 20190200501
AFFAIRE DU MEURTRE D'AMAURY DELAPLACE
OPJ EN CHARGE : INSPECTEUR LEJARDIN

La pièce à conviction est un téléphone portable d'ancienne génération à clavier physique. L'appareil ne dispose pas de GPS, rendant impossible sa géolocalisation passée.

Dimensions de l'appareil : 113 × 48 × 22 mm
Poids : 133 g

La carte SIM prépayée Hop Telecom présente dans l'appareil correspond à la ligne 07.22.41.38.05 (propriétaire inconnu : ouverture de ligne possible sans pièce d'identité).

La mémoire du téléphone a été totalement effacée : pas de SMS, de données dans le répertoire, ni d'historique d'appel.

Toutefois, pendant l'analyse du téléphone, un SMS a été reçu :

« Les résultats de votre test TPA-201902012 sont disponibles au laboratoire LaboClinic, 7 rue d'Assas, 75006 Paris. »

En outre, une empreinte partielle de pouce droit a été retrouvée sur les touches du clavier et consignée au dossier.

Piste à suivre :

- L10 : Se rendre au laboratoire de biologie médicale

Indice découvert :

- #13 : Empreinte partielle trouvée sur le téléphone portable

A-16

FAIRE ANALYSER L'ORDINATEUR D'AUGUSTIN BOUSQUET

TEMPS CONSOMMÉ : 3 HEURES

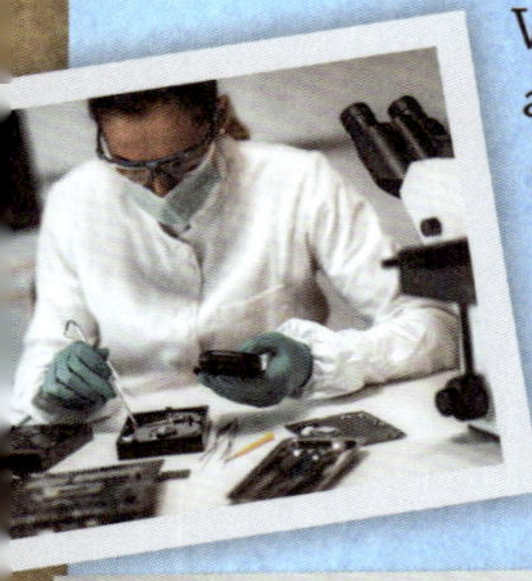

Vous confiez l'ordinateur portable d'Augustin Bousquet au laboratoire pour analyse complète. Les techniciens de la police scientifique parviennent facilement à isoler les empreintes du propriétaire du PC sur le clavier et les ajoutent au dossier de l'affaire. Les experts en informatique prennent ensuite le relai pour tenter de faire parler le disque dur. Leur rapport atterrit sur votre bureau moins de deux heures plus tard :

ANALYSE DU DISQUE DUR DE L'ORDINATEUR PORTABLE
PIÈCE À CONVICTION N° 20190200712
AFFAIRE DU MEURTRE DE PIERRE CUVIER
OPJ EN CHARGE : INSPECTEUR LEJARDIN

La première analyse des disques durs n'a livré aucune information digne d'intérêt pour l'enquête. Les fichiers présents sur l'ordinateur se résument à des cours d'histoire.

L'historique Internet a été effacé et n'a pas pu être récupéré.

Parmi les fichiers récemment supprimés, deux éléments ont pu être restaurés :

- une vidéo (format : mp4, durée : 4h) : intervention filmée d'Augustin Bousquet sur le christianisme antique

- un e-mail daté du 2 février 2019 (objet : « Néfertiti », taille : 3ko)

Piste à suivre :

- **D24** : Lire l'e-mail « Néfertiti »

Indice découvert :

- **#05** : Empreintes d'Augustin Bousquet

TOP SECRET

INDICES

5

COMPARATEUR D'INDICES

Pour comparer deux indices, consultez le symbole situé à l'intersection de la ligne et de la colonne correspondant aux indices en question :

✓ : correspondance confirmée

? : correspondance possible mais non confirmée (ce cas peut se produire si l'un des échantillons comparés n'est pas de qualité suffisante : empreinte digitale partielle, par exemple)

✗ : aucune correspondance

Après chaque utilisation du comparateur, **avancez votre marqueur temps d'une position** pour symboliser l'heure passée pour réaliser l'analyse.

	#01	#02	#03	#04	#05	#06	#07	#08	#09	#10	#11	#12	#13	#14	#15	#16	#17	#18	#19
1		⊗	⊗	⊗	⊗	⊗	⊗	⊗	⊗	⊗	⊗	⊗	⊗	⊗	⊗	⊗	⊗	⊗	⊗
2	⊗		⊗	⊗	⊗	⊗	⊗	✓	⊗	✓	✓	⊗	⊗	⊗	⊗	⊗	⊗	⊗	⊗
3	⊗	⊗		⊗	⊗	⊗	⊗	⊗	⊗	⊗	⊗	⊗	⊗	⊗	⊗	⊗	⊗	⊗	⊗
4	⊗	⊗	⊗		⊗	⊗	⊗	⊗	⊗	⊗	⊗	⊗	⊗	✓	⊗	⊗	⊗	✓	⊗
5	⊗	⊗	⊗	⊗		⊗	⊗	⊗	⊗	⊗	⊗	⊗	?	⊗	⊗	⊗	⊗	⊗	⊗
6	⊗	⊗	⊗	⊗	⊗		⊗	⊗	⊗	⊗	⊗	⊗	⊗	⊗	⊗	⊗	⊗	⊗	⊗
7	⊗	⊗	⊗	⊗	⊗	⊗		⊗	⊗	⊗	⊗	⊗	⊗	⊗	⊗	?	⊗	⊗	⊗
8	⊗	✓	⊗	⊗	⊗	⊗	⊗		⊗	✓	✓	⊗	⊗	⊗	⊗	⊗	⊗	⊗	⊗
9	⊗	⊗	⊗	⊗	⊗	⊗	⊗	⊗		⊗	⊗	⊗	⊗	⊗	⊗	⊗	⊗	⊗	✓
0	⊗	✓	⊗	⊗	⊗	⊗	⊗	✓	⊗		✓	⊗	⊗	⊗	⊗	⊗	⊗	⊗	⊗
1	⊗	✓	⊗	⊗	⊗	⊗	⊗	✓	⊗	✓		⊗	⊗	⊗	⊗	⊗	⊗	⊗	⊗
2	⊗	⊗	⊗	⊗	⊗	⊗	⊗	⊗	⊗	⊗	⊗		⊗	⊗	⊗	⊗	⊗	⊗	⊗
3	⊗	⊗	⊗	⊗	?	⊗	⊗	⊗	⊗	⊗	⊗	⊗		⊗	⊗	⊗	⊗	⊗	⊗
4	⊗	⊗	⊗	✓	⊗	⊗	⊗	⊗	⊗	⊗	⊗	⊗	⊗		⊗	⊗	⊗	✓	⊗
5	⊗	⊗	⊗	⊗	⊗	⊗	⊗	⊗	⊗	⊗	⊗	⊗	⊗	⊗		⊗	⊗	⊗	⊗
6	⊗	⊗	⊗	⊗	⊗	⊗	?	⊗	⊗	⊗	⊗	⊗	⊗	⊗	⊗		⊗	⊗	⊗
7	⊗	⊗	⊗	⊗	⊗	⊗	⊗	⊗	⊗	⊗	⊗	⊗	⊗	⊗	⊗	⊗		⊗	⊗
8	⊗	⊗	⊗	✓	⊗	⊗	⊗	⊗	⊗	⊗	⊗	⊗	⊗	✓	⊗	⊗	⊗		⊗
9	⊗	⊗	⊗	⊗	⊗	⊗	⊗	⊗	✓	⊗	⊗	⊗	⊗	⊗	⊗	⊗	⊗	⊗	

TOP SECRET

COMPTE-RENDU D'ENQUÊTE

COMPTE-RENDU D'ENQUÊTE

Répondez à la série de questions suivantes pour vérifier votre bonne compréhension de l'enquête. Une fois terminé, rendez-vous au chapitre **Solutions** pour découvrir vos résultats.

- **1.** Qui a tué Pierre Cuvier ?

....

- **2.** Quel est le mobile du meurtre ?

....

- **3.** Quelle est l'arme du crime ?

....

- **4.** Comment l'assassin est-il entré dans le Louvre et comment est-il ressorti ?

....

- **5.** Comment expliquer la disparition de la jeune femme pendant l'expédition de 1991 ?

....

- **6.** Qui s'est introduit au domicile de Pierre Cuvier quelques jours avant l'assassinat, et pourquoi ?

....

- **7.** Quel est le lien entre Pierre Cuvier et l'assassin ?

- **8.** Qui a tué Amaury Delaplace, et pourquoi ?

- **9.** Qui a envoyé la lettre anonyme à Lucie Descombes ?

- **10.** La mort de Fabrice Bousquet est-elle naturelle ?

- **11.** Comment l'assassin de Pierre Cuvier s'y est-il pris pour se forger un alibi ?

- **12.** Un objet a-t-il été volé au Louvre, et pourquoi ?

TOP SECRET

SOLUTIONS

RÉPONSES AU COMPTE-RENDU D'ENQUÊTE

Découvrez les bonnes réponses et comptez vos points en fonction du barème indiqué :

1. QUI A TUÉ PIERRE CUVIER ?

L'assassin de Pierre Cuvier est **Augustin Bousquet.**

- *Comptez **3 points** en cas de bonne réponse.*
- *Comptez **1 point** bonus si vous avez comparé l'échantillon d'ADN retrouvé sous les ongles de la victime (indice **#02**) et l'ADN d'Augustin Bousquet (indice **#11**) pour en arriver à cette affirmation.*

2. QUEL EST LE MOBILE DU MEURTRE ?

Le mobile du meurtre est **la vengeance.** Augustin Bousquet tient Pierre Cuvier pour responsable de la mort de sa mère, lors de fouilles en Égypte en 1991.

- *Comptez **2 points** en cas de bonne réponse.*

3. QUELLE EST L'ARME DU CRIME ?

L'arme du crime est la **dague en étain** présentée au musée du Louvre dans le cadre de l'exposition sur Khâemouaset.

- *Comptez **2 points** en cas de bonne réponse.*
- *Comptez **1 point** bonus si vous avez analysé la dague (piste A08) pour en arriver à cette affirmation.*

4. COMMENT L'ASSASSIN EST-IL ENTRÉ DANS LE LOUVRE ET COMMENT EST-IL RESSORTI ?

L'assassin a profité de sa **ressemblance avec Pierre Cuvier** et prétexté un **oubli de badge magnétique** pour se faire ouvrir le portique par un gardien. Il est ressorti en volant le badge de Cuvier.

- *Comptez **2 points** en cas de bonne réponse.*

5. COMMENT EXPLIQUER LA DISPARITION DE LA JEUNE FEMME PENDANT L'EXPÉDITION DE 1991 ?

Viviane Allard est décédée en tentant de s'interposer alors que Pierre Cuvier et Fabrice Bousquet se battaient. Fabrice Cuvier, fou de colère, venait d'apprendre que sa compagne Viviane le trompait avec Cuvier. Cuvier a fait pression sur Bousquet pour passer la mort de Viviane sous silence et mettre sa disparition sur le dos de la malédiction de Khâemouaset.

- *Comptez **1 point** en cas de bonne réponse.*

6. QUI S'EST INTRODUIT AU DOMICILE DE PIERRE CUVIER QUELQUES JOURS AVANT L'ASSASSINAT, ET POURQUOI ?

Augustin Bousquet s'est introduit chez Pierre Cuvier afin d'y **voler une brosse à dents,** qui lui a permis d'effectuer un **test ADN de paternité.**

- *Comptez **1 point** en cas de bonne réponse.*

7. QUEL EST LE LIEN ENTRE PIERRE CUVIER ET L'ASSASSIN ?

Augustin Bousquet est le fils biologique de **Pierre Cuvier.**

- *Comptez **2 points** en cas de bonne réponse.*
- *Comptez **1 point** bonus si vous avez consulté le rapport du test de paternité (piste A12) et comparé les ADN (indices **#08** et **#11**, puis **#04** et **#18**) pour en arriver à cette affirmation.*

8. QUI A TUÉ AMAURY DELAPLACE, ET POURQUOI ?

Augustin Bousquet a tué Amaury Delaplace, qu'il tient également pour **responsable de la mort de sa mère.**

- *Comptez **2 points** en cas de bonne réponse.*

9. QUI A ENVOYÉ LA LETTRE ANONYME À LUCIE DESCOMBES ?

Mathis Pomeroy, le conservateur du département des Antiquités orientales, a envoyé cette lettre, parce qu'il ne tenait pas Pierre Cuvier en grande estime. Il était en effet jaloux de sa réussite professionnelle et de son succès auprès de la gent féminine.

- *Comptez **1 point** en cas de bonne réponse.*

10. LA MORT DE FABRICE BOUSQUET EST-ELLE NATURELLE ?

Oui, Fabrice Bousquet est mort d'un cancer, ce qui a été confirmé par le cancérologue de l'hôpital.

- *Comptez **1 point** en cas de bonne réponse.*

11. COMMENT L'ASSASSIN DE PIERRE CUVIER S'Y EST-IL PRIS POUR SE FORGER UN ALIBI ?

Augustin Bousquet prétend avoir **donné un cours d'histoire** à ses étudiants à l'heure du meurtre. Il s'agissait en fait d'un cours en ligne, qu'il avait **enregistré au préalable.**

- *Comptez **2 points** en cas de bonne réponse.*
- *Comptez **1 point** bonus si vous avez retrouvé la vidéo dans l'ordinateur d'Augustin Bousquet (piste A16) pour en arriver à cette affirmation.*

12. UN OBJET A-T-IL ÉTÉ VOLÉ AU LOUVRE, ET POURQUOI ?

Augustin Bousquet a volé **l'amulette de Khâemouaset,** en souvenir de sa mère, et l'a remplacée par une imitation en terre cuite.

- *Comptez **1 point** en cas de bonne réponse.*

Pénalités de temps

- Si vous avez terminé l'enquête en 10 jours ou moins : **aucune pénalité de temps**
- Si vous avez terminé l'enquête au 11e jour : **2 points de pénalité**
- Si vous avez terminé l'enquête au 12e jour : **4 points de pénalité**
- Si vous avez terminé l'enquête au 13e jour ou plus : **6 points de pénalité**

SCORE DE L'ENQUÊTEUR

Score obtenu aux questions :
....

+ Points bonus : ....

– Pénalités de temps :
....

= Score final : ....

Découvrez le grade obtenu en fonction de votre score final :

MOINS DE 5/20

Apprenti enquêteur : malheureusement, vous êtes passé totalement à côté de votre enquête... Cela pourrait peut-être valoir la peine de reprendre vos investigations depuis le début ?

ENTRE 5 ET 9/20

Enquêteur débutant : il vous reste encore pas mal de chemin à parcourir avant de vous mesurer aux plus grands experts, mais vous êtes malgré tout parvenu à établir quelques déductions fondées. Peut-être ferez-vous mieux une prochaine fois ?

ENTRE 10 ET 13/20

Enquêteur intermédiaire : vous étiez incontestablement sur la bonne piste, mais quelques éléments de l'enquête vous ont malgré tout échappé...

ENTRE 14 ET 17/20

Enquêteur confirmé : bravo, vous n'êtes pas passé loin du sans-faute ! Quel est donc ce petit détail qui vous a échappé ?

18/20 OU PLUS

Enquêteur expert : rien ne vous a échappé, félicitations ! Vous avez mené votre enquête comme les plus fins limiers !

EXPLICATIONS DÉTAILLÉES

Au 36, vous présentez au commissaire Ménard votre vision de l'affaire :

« Maudite histoire, que ce double meurtre...

— Un double meurtre ? Vous avez donc déniché un cadavre supplémentaire ! Un seul ne vous suffisait pas ?

— Que voulez-vous... Je vous rappelle que nous avons affaire à une malédiction ancestrale...

— Ne me dites pas que vous croyez à ces foutaises, Lejardin...

— Je vous rassure, commissaire, j'ai gardé les pieds sur terre tout au long de mon enquête. Pour commencer, il m'a semblé logique de consulter le rapport d'autopsie (A03). J'ai pu ainsi obtenir des informations plus précises concernant l'heure du décès (située entre 11 h 15 et 11 h 45) et les coups de couteau infligés, ainsi que des échantillons ADN de la victime (indice #04) et de son assassin (#02). Un bon début !

J'ai ensuite choisi d'interroger le directeur du musée, Arthur Vernier, pour tenter de cerner le profil de la victime (I08). Vernier portait visiblement Cuvier en grande estime. C'est lui le premier qui m'a parlé de ces expéditions menées au début des années 1990 en Égypte, campagnes qui avaient abouti à la découverte des différentes pièces présentées dans le cadre de l'exposition dont Cuvier finissait les derniers préparatifs, et qui avaient également connu un retentissement dans les médias à cause de la disparition inexpliquée d'une jeune femme (I09)...

Parmi les pièces exposées (D13), j'ai fait analyser la dague en étain par le laboratoire (A08) : sa taille semblait correspondre à l'arme identifiée par le légiste, et cela permettait d'expliquer le fait que les détecteurs de métaux installés à chaque entrée n'aient pas remarqué l'introduction d'une arme dans l'enceinte du musée : le couteau se trouvait déjà à l'intérieur du Louvre !

Et là, bingo ! La lame de la dague de Khâemouaset portait des traces de sang, qui correspondaient à l'ADN de Pierre Cuvier (comparaison des indices #04 et #14).

J'ai également fait analyser l'amulette de Khâemouaset (A13)… En plus du meurtre, je crois bien que nous avons affaire à un vol. L'amulette a été remplacée par une pâle copie en terre cuite !

— Le vol serait donc le mobile du meurtre ?

— Non, je ne crois pas… L'amulette avait simplement une grande valeur sentimentale pour l'assassin. Mais un peu de patience, vous allez comprendre… Je me suis ensuite rendu au poste de surveillance (L07), pour tenter de comprendre comment l'assassin avait pu rentrer dans le musée, un jour de fermeture hebdomadaire.

L'interrogatoire de Jules Béranger (I07), le gardien en poste à l'entrée principale au moment du meurtre, m'a permis de déceler une sérieuse faille dans la sécurité du musée : une personne ressemblant suffisamment à Pierre Cuvier aurait très bien pu se faire ouvrir le portique en prétextant un oubli de badge magnétique.

En consultant le registre des entrées et sorties du musée (D23), j'ai eu confirmation de cette théorie : le « vrai » Pierre Cuvier était entré à 9 h 04 en badgeant à la porte des Lions, tandis qu'un imposteur s'était présenté à l'accueil vers 11 heures en faisant mine d'avoir oublié son laissez-passer. À coup sûr, il s'agissait de l'assassin ! Un homme de grande taille, ayant le même regard que Cuvier… Je ne savais pas encore comment interpréter cet élément, mais je le gardais en tête pour la suite.

Alors que j'enquêtais au Louvre, nos équipes ont découvert au domicile de Pierre Cuvier (D06 puis L15) une lettre étrange, avec des hiéroglyphes. Sur l'enveloppe (A05), le laboratoire a d'ailleurs retrouvé des traces d'ADN correspondant à celui de l'assassin (comparaison des indices #02 et #10). J'ai consulté un expert en la matière, le Dr Villars (L06). Elle a traduit ces hiéroglyphes en un rien de temps : "Je sais tout. Tu vas mourir !" »

— Ainsi, Cuvier devait craindre pour sa vie et être constamment sur ses gardes !

— Ça m'en a tout l'air ! Quoi qu'il en soit, j'étais désormais bien décidé à fouiller dans le passé de Pierre Cuvier. Parmi ses effets personnels (A10), je décidai de me pencher sur son agenda (D10). Un rendez-vous la veille du meurtre, en plein après-midi, me surprit. Alors qu'il était pourtant occupé à finaliser la mise en place d'une exposition d'une importance capitale, Cuvier s'offrait une pause au Café de Marly en compagnie d'un certain "A. D."

À la brasserie en question (L14), un serveur me confirma que Cuvier était venu prendre un café en compagnie d'un ami. Les deux hommes semblaient nerveux et avaient échangé sur la lettre de menaces en hiéroglyphes reçue par Cuvier. Le cafetier ne connaissait pas l'identité de l'autre homme, mais il m'orienta vers une boutique du Comptoir du chocolat (L02), où je pus découvrir qu'il s'agissait en fait d'un certain Amaury Delaplace.

Je rendis donc visite à Delaplace (I13), dans son appartement du XIVe arrondissement. Il s'apprêtait à me livrer des informations sur Cuvier, mais il a été assassiné sous mes yeux, d'une balle en pleine tête.

— Et vous voilà donc avec un deuxième cadavre sur les bras... Au moins, cela prouvait que vous étiez sur la bonne piste !

— Exactement ! Une rapide enquête de voisinage (L17) ne m'apprit que peu de choses sur l'assassin (une silhouette élancée, à en croire un témoin...), mais je parvins à récupérer un téléphone portable, que je mis de côté en vue de le confier plus tard au laboratoire.

J'entrepris aussi de fouiller la bibliothèque de Delaplace (L12) : les livres semblaient faire partie intégrante de la vie de cet homme, aussi peut-être allaient-ils m'aider à en savoir plus sur son passé.

Le carnet « 1991 » (D08 puis D12) m'en apprit davantage sur l'expédition qui avait permis de découvrir l'amulette de Khâemouaset et sur la disparition d'une certaine Viviane. Par curiosité, je consultai également le carnet correspondant à la première expédition (D02), espérant en savoir plus sur les membres de l'équipe. J'ai eu le nez fin ! Delaplace racontait avoir été recruté par un certain Fabrice Bousquet.

Les choses commençaient tout doucement à s'imbriquer : j'imaginais déjà une sombre histoire qui se serait passée au cours de ces fouilles du début des années 1990 et qui aurait scellé le destin de Cuvier, Delaplace et Bousquet...

— Allez, Lejardin ! Vite, la suite ! Venez-en au fait, je vous en prie, je ne tiens plus !

— J'y arrive... Je décidai aussitôt de me renseigner sur Fabrice Bousquet (D17). Décédé quelques jours plus tôt d'un cancer, Bousquet était un ami d'enfance de Cuvier. Sa compagne de l'époque, Viviane Allard, rencontrée lors de la première expédition en Égypte, est la jeune femme tragiquement disparue en 1991. Ensemble, ils avaient eu un fils, prénommé Augustin.

Je choisis de privilégier cette piste et je commençai par interroger Florence Bousquet (I04), que Fabrice avait épousée en 2010. Elle me confirma ce que j'avais appris sur les deux expéditions en Égypte et leur issue tragique.

Je prolongeais l'interrogatoire de Florence Bousquet, pour en savoir un peu plus sur Augustin (I02). Ses révélations me stupéfièrent : Augustin n'était pas le fils biologique de Fabrice ! Elle me parla également des troubles psychologiques dont souffrait Augustin, qui avait grandi sans figure maternelle.

À ce stade, je commençais bien sûr à avoir de sérieux soupçons...

— Expliquez-moi !

— Je privilégiais déjà la thèse d'une vengeance perpétrée par Augustin, qui aurait tenu Cuvier et Delaplace responsables de la mort de sa mère Viviane. Je devais absolument creuser cette piste.

En interrogeant Augustin Bousquet (I17), je fus saisi par son regard bleu pénétrant, qui correspondait à celui de Pierre Cuvier, avec qui il partageait d'ailleurs la même silhouette élancée. Je décidai de pousser Augustin Bousquet dans ses retranchements (I14), mais il abattit sa carte secrète... Il semblait avoir un parfait alibi pour le meurtre de Pierre Cuvier, puisqu'il donnait un cours à des étudiants de la Sorbonne.

Malgré tout, je restais convaincu de mon intuition. Lors de son second interrogatoire, Augustin Bousquet avait oublié son porte-documents. Avec l'aval du juge d'instruction, j'en inspectai le contenu (A02). L'écriture d'Augustin, sur ses notes de cours manuscrites, semblait pouvoir correspondre à l'écriture relevée sur l'enveloppe contenant les menaces en hiéroglyphes (comparaison des indices #07 et #16), mais sans certitude...

En analysant l'ordinateur contenu dans le porte-documents (A16), je réussis à comprendre comment Augustin avait pu se forger son solide alibi : il avait enregistré au préalable une vidéo diffusée à ses étudiants dans le cadre d'un cours en ligne.

Les petits génies de l'informatique du labo sont également parvenus à exhumer un e-mail pourtant effacé du disque dur intitulé « Néfertiti ». Néfertiti... Précisément le surnom que Fabrice Bousquet donnait à Viviane !

La lecture de cet e-mail (D24), la lettre d'adieu d'un père agonisant et rongé par le remords à son fils, m'apportait les rares éléments qui me manquaient : au lendemain de la découverte de l'amulette, Fabrice Bousquet avait surpris sa compagne Viviane et Pierre Cuvier ensemble, au lit. Une dispute avait éclaté, et Viviane était tombée sur une table basse, avant de se vider de son sang sur le sol. Cuvier avait catégoriquement interdit à Bousquet d'aller chercher les secours, craignant pour la réputation de l'expédition. Il avait préféré cacher le corps et mettre la disparition de Viviane sur le compte de la malédiction de Khâemouaset...

Il est facile de déduire la réaction d'Augustin Bousquet lorsqu'il a reçu cet e-mail de son père et appris ce qu'il était réellement arrivé à sa mère : il a voulu obtenir vengeance en se débarrassant de Cuvier et de Delaplace.

— Tout cela est bien beau, mais si je ne m'abuse, il vous manque toujours une preuve absolue de la culpabilité d'Augustin Bousquet...

— Vous avez raison, commissaire... Je possédais l'ADN de l'assassin, mais je n'étais pas parvenu à mettre la main sur celui d'Augustin Bousquet à des fins de comparaisons. J'aurais certainement pu obtenir, moyennant quelques coups de téléphone, l'accord du juge d'instruction pour un prélèvement ADN, mais il y avait plus simple : je me suis souvenu que Florence Bousquet m'avait parlé des séjours d'Augustin à l'hôpital de la Pitié-Salpêtrière. Sur place (L13), j'ai pu récupérer le dossier médical d'Augustin (D11), ainsi que plusieurs échantillons et prélèvements sanguins. En comparant l'ADN d'Augustin Bousquet (#11) et l'ADN retrouvé sous les ongles de la victime (#02), j'eus enfin la preuve irréfutable de sa culpabilité !

— Formidable travail, inspecteur ! Je savais que je pouvais compter sur vous ! Et bien, avec tout cela, l'heure du repas approche ! Que diriez-vous d'aller déjeuner dans ce petit bistrot qui…

— Il me restait toutefois une chose en tête qui m'obsédait, et je devais en avoir la confirmation… Vous connaissez mon souci du détail et mon perfectionnisme : j'aime couvrir l'ensemble des aspects d'une enquête.

— J'en conviens, Lejardin, c'est une de vos grandes qualités, mais il est 13 heures passées et…

— Allons, allons, j'en ai pour une minute à peine ! Au cours de l'analyse du téléphone portable tombé de la poche de l'assassin lors du meurtre de Delaplace (A15), un SMS avait été trouvé, mentionnant les résultats d'un test biologique. Au laboratoire d'analyses médicales (L10), on m'apprit qu'il s'agissait d'un test ADN de paternité. Je fis transférer les résultats du test à nos spécialistes pour analyse (A12).

Le premier ADN testé était celui d'Augustin Bousquet (comparaison des indices #08 et #11), et le second celui de Pierre Cuvier (comparaison des indices #04 et #18). Bien entendu, le test de paternité s'était révélé positif : Pierre Cuvier était bien le père biologique d'Augustin Bousquet…

— Incroyable ! Mais comment Augustin Bousquet s'était-il procuré l'ADN de Pierre Cuvier, pour établir ce test de paternité ?

— Au cours de mon enquête, j'avais appris qu'une tentative d'intrusion avait eu lieu au domicile de Cuvier. En consultant le rapport de police relatif à cette affaire (D16), j'ai appris que rien n'avait été volé… à part une brosse à dents ! C'est cette brosse à dents, de laquelle on pouvait facilement extraire l'ADN de Pierre Cuvier, qui a été remise au laboratoire pour le test de paternité. Et voilà toute l'histoire !

— Et bien, vous aviez raison, Lejardin… Une maudite affaire ! »

Crédit des illustrations
Toutes illustrations : © Shutterstock.com

Achevé d›imprimer en Roumanie par Rotolito Romania S.A.
Dépôt légal : mai 2021 - 327672/01
N° projet : 11046118 - juin 2021